双葉文庫

口入屋用心棒

毒飼いの罠

鈴木英治

目次

毒飼《どくが》いの罠

口入屋用心棒

第一章

一

うーん、と大きく伸びをする。

ああ、なんていい目覚めだろう、と樺山富士太郎《かばやまふじたろう》は思った。

このところ、ずっと心地よい朝が続いている。その理由は一つしかない。

寝床に起きあがった姿勢のまま、富士太郎はそっと耳を澄《す》ませた。今朝も、よく調子の取れたまな板の音がきこえてくる。

頬が自然とゆるむ。富士太郎にとって、この音が響いてこない朝というのは、すでに考えにくいものになっている。

腰高障《こしだかしょうじ》子の向こう側はまだ薄暗さを残しているが、小鳥たちのさえずりようからして、今朝も天気はいいようだ。

晩秋らしくだいぶ冷えてはいるものの、このくらいのほうがしゃきっとしていいね、と最近では考えられるようになっている。智代《ともよ》は、半刻近く前に起きて台所仕事にいそしんでいるのだ。水だって相当冷たいはずなのに、弱音や愚痴を吐いたことなど一度もない。

そうだよ、智ちゃんに負けていられないよ。おいらもがんばらないとね。

富士太郎はすっくと立ちあがり、手早く着替えを済ませた。手ぬぐいを手にして腰高障子をあけ、廊下に出た。濡縁《ぬれえん》から庭におり、井戸に向かう。

しびれるような冷たい水で洗顔をすると、さらにさっぱりした。

まな板の音はもうきこえてこない。代わりに、だしのにおいが漂いはじめた。江戸っ子の大好きな鰹節《かつおぶし》のにおいである。

富士太郎は存分に吸いこんだ。ふわっとした、やさしい香りだ。智代の顔が鮮明に浮かんでくる。富士太郎は、もう智代に会いたくてたまらなくなっている。


家を出てから五間ばかり歩いて、富士太郎は静かに振り返った。

本当はもっと早く振り返りたかったのだが、いま別れたばかりなのに、それはいくらなんでもという気がして、必死に我慢したのである。

家々の屋根をようやく乗り越えた太陽に照らされて、智代が門のところに立ち、見送ってくれている。

にこにこしているのが、かわいくて仕方ない。富士太郎は手を振りたかったが、これから出仕しようとする侍としてはあまりほめられた仕草ではない。

しかし、これに関しては我慢がきかなかった。富士太郎は、それとわかる程度に手を振った。にっこりとして智代も小さく振り返してきた。

それだけで富士太郎の心は満たされた。

うん、今日の探索はきっといいことがあるよ。

いつまでも智代の顔を見ていたかったが、富士太郎は意を決して前を向いた。

頭を切り換えなければならない。

厳しい顔になり、今日なにをするべきか、考えはじめた。

秀五郎《しゅうごろう》。

二十七歳という若い大工の棟梁《とうりょう》である。行方知れずになって、すでに一月《ひとつき》半近くが経過している。

贔屓《ひいき》にしている材木問屋の樽山屋《たるやまや》に招かれ、小石川の富坂新町《とみさかしんまち》にある今橋《いまはし》という料亭で接待を受けた晩のことだ。接待がお開きになり、酔い覚ましのために駕《か》籠《ご》を断って今橋を一人で出たそのあとに、秀五郎は姿をふっつりと消し、その行方は杳《よう》として知れなくなった。

秀五郎には、女房と二人の幼い娘がいる。この若き棟梁は女房にぞっこんで、二人の娘が生き甲斐だといってはばからない男だった。大工の棟梁は荒仕事だが、諍《いさか》いや争いごと、もめ事などにはほとんど縁がなく、仮にあったとしても辛抱強く解決に導くような男で、誰からも信望は厚かった。うらみを買うような男ではない上に、稼ぎもとてもよく、妻子との暮らしは充実していた。秀五郎が自ら姿を消す理由など、一つも見当たらなかった。

与力の荒俣土岐之助《あらまたときのすけ》から秀五郎を捜してくれないかと頼まれた富士太郎《ふじたろう》は、中間の珠吉《たまきち》とともに家人や友垣《ともがき》、知り合いを当たれるだけ当たったが、秀五郎の行方につながる手がかりを手に入れることはかなわなかった。

料亭今橋からの帰り、秀五郎の身になにかあったのはまちがいない。しかし、秀五郎になにが起きたのか、それがさっぱりわからない。これでは捜しようがなかった。だからといって、富士太郎は捜しだすことをあきらめるつもりは毛頭なかった。

しかし、それも、元岡っ引の源助《げんすけ》の死骸が見つかるまでだった。源助は、背中を鋭利な刃物で一突きにされていた。町方役人としては、行方知れずよりも人殺しをどうしても優先せざるを得ない。心から申しわけなく思っているが、今の富士太郎は秀五郎の探索に力を注《そそ》ぐことができない。

秀五郎の妻のおいさや母親のおかく、二人の娘の気持ちはいかばかりか。今も秀五郎の無事を信じ、必ず帰ってくることを祈っているだろう。

いちはやく源助殺しの犯人を捕らえ、その後、また秀五郎の捜索に戻るつもりでいる。そのためには、源助殺しに全力を投じなければならない。

富士太郎は、鍵吉《かぎきち》という男を見つけだそうとしている。この男が源助殺しの鍵を握っているといっても過言ではない。というより、鍵吉こそが源助を殺した張本人だ、と富士太郎は確信している。珠吉も同じ気持ちでいる。

鍵吉は詐欺ばかり繰り返して岡っ引の源助につかまったものの、源助の働きかけで遠島はなんとかまぬがれ、江戸払いになった男である。それが今から一年半近く前のことだ。しかしながら、いつの間にか鍵吉は江戸に舞い戻ってきていたようだ。

半月《はんつき》ばかり前の夕刻、薬研堀《やげんぼり》近くの蕎麦屋から出てきた鍵吉を見かけたらしい源助は、どうしてあいつが、とつぶやいてあとをつけたようなのだが、翌朝、下《しも》雑司ヶ谷《ぞうしがや》町の路地で無残な姿となって見つかった。般若《はんにゃ》の根付《ねつけ》を右手に握り締めていた。

手のうちの根付になんらかの意味があるのはまちがいないだろうが、まだそのことはわかっていない。源助を殺したのが鍵吉であるという確証は得られていないが、この男しかいないだろうね、と富士太郎は思っている。

鍵吉という男は、建吉《けんきち》という名乗りも持っているようだ。鍵吉と建吉は同一人物といってよいのではないか。まだそれについて富士太郎たちには確信はないのだが、そのことは、鍵吉らしい男が出てきた蕎麦屋に話をきいてわかったのだ。

蕎麦屋での支払いのとき、鍵吉と思える男は甲州印傳《こうしゅういんでん》の巾着《きんちゃく》を取りだしたのだが、熊が金太郎を踏んづけているという、妙なとしかいいようのない意匠《いしょう》の根付を巾着につけていたのである。その根付をつくった職人を訪ね当てた富士太郎たちが話をきいたところ、根付を注文したのは、建吉と名乗る男だったそうだ。男の奇異な性格を如実にあらわしているかのようなその根付が注文されたのは、およそ三年前のことである。

鍵吉の左の頬には、目立つほくろがあるのがわかっている。建吉にそんなほくろがあるかどうか、まだ確認は取れていない。だが、きっとあるにちがいないよ、と富士太郎は思っている。つけぼくろでない限り、大きな手がかりであるのは紛《まぎ》れもなかった。

「ねえ、珠吉」

富士太郎は、忠実な中間に呼びかけた。晩秋のつややかな朝日が町奉行所の大門の下に射しこんで敷石にはね返り、珠吉の顔は少しまぶしく見えた。六十という歳の割につやつやと顔色はよく、これなら疲れは残していないようだね、と富士太郎は考えた。さすがにほっとする。こうして毎朝、町奉行所の大門の下で会うたび、珠吉の顔色を確かめることが富士太郎の日課となっている。

「ねえ、珠吉。鍵吉は建吉だと考えていいよね」

もうわかっていることだが、富士太郎はあえてたずねた。珠吉が大きくうなずく。

「ええ、あっしもそういうふうに思っていやすよ。鍵吉が建吉であるのは、例の奇妙な根付の筋からも、もはや疑いようもないことですから」

「やっぱり珠吉もそう思うんだね。元気づけられるよ。よし、一刻も早く鍵吉の居場所を見つけださないとね」

「ええ、旦那、がんばりましょう」

珠吉が力こぶをつくるような勢いでいう。実際、珠吉の筋骨はたくましく、今でも二の腕の力こぶの盛りあがりは、富士太郎の瞠目《どうもく》を誘うほどである。

「それで旦那、今日はどこを当たる気なんですかい」

「うん、もう一度、話をききたいと思っているんだよ。珠吉が紹介してくれた才《さい》蔵《ぞう》さんだよ」

才蔵は、もう八十近いと思える元詐欺師である。向島《むこうじま》に隠居家を建て、そこに若い女と住んでいる。

「さいですね。この前は、あまり話ができなかったですからね」

鍵吉の人となりを知ることで、出入りしているところや好む場所がわかるのではないかという期待があって、先日、富士太郎たちは向島を訪ねたのだが、やはり歳にはあらがえず、才蔵は顔色もよくなく、少し疲れている様子に見えた。苛《いら》立《だ》たしげに煙管を長火鉢に叩きつけたりしていたが、それは鍵吉という名を耳にしただけではなく、やはり体調が思わしくなかったせいもあるのではないか。そのために、突っこんだ話は遠慮せざるを得なかったのである。才蔵の話から鍵吉のことでわかったのは、得体《えたい》が知れず、とにかく薄気味の悪い男であるということのみだった。

「薄気味悪いだけならさ、まだわかりやすいからいいんだけど、始末が悪いのは、人当たりはよくて、女には特に好かれるところだよね。人がよいという仮面をかぶっているのが厄介だよね」

「へい、まったくで」

珠吉が同意を示す。

「きっといつも、にこにこと柔和な笑みを浮かべているんでしょう。ちょっと見はとても温和で、人がいいように思えるんでしょう。まだ会ったことはありませんが、心底いやな野郎なんでしょうね」

「会ったときは、鍵吉をふんづかまえるときだよ。必ずそのときはめぐってくる。よし、珠吉、行こうかね」

まいりましょう、といって珠吉が先導するように歩きだしたが、いきなり足をとめた。富士太郎はぶつかりそうになった。

「どうしたんだい、珠吉」

珠吉の顔をのぞきこむ。

「足でも痛めたのかい」

「いや、そんなことはありませんや」

笑顔で首を振る。すぐに真顔になった。

「いま不意に、源助さんの顔が脳裏に浮かんだんですよ」

「源助さんがかい、どうしてかな。なにか珠吉にいいたいことがあるのかな」

「昨日から、源助さんのことで少し気にかかっていることがあったからでしょう」

「どんなことが気にかかっているんだい」

往来の邪魔にならないようにと、珠吉が道端に寄る。そこは堀の際で、よどんだ水に木々から枯れ葉がはらはらと落ちてゆくのが眺められた。ときおり吹く冷たい風に水面にさざ波が立ち、落ち葉がわずかに流されるが、やがて吹きだまりに集まったかのように重なり合って動きをとめる。

そばには誰もいないのに、珠吉が声をひそめた。

「薬研堀そばの蕎麦屋から出てきた男を見て、源助さんは、どうしてあいつが、とつぶやいたとのことでしたね」

「ああ、源助さんの知り合いの壕吉《ほりきち》さんがそういうふうにいっていたね」

「あっしたちはその言葉を、どうしてあいつがここに、という意味に取りました」

「珠吉は、別の意味があると思っているのかい」

「いえ、そういうわけではありません。やはり江戸であいつに会うとは思っていなかったという思いがこめられているのはまちがいないと思うんです」

富士太郎は黙ってうなずいた。目で先をうながす。

「源助さんなんですけど、そのときなにをしていたかというと、山形屋《やまがたや》さんから依頼されて、あるじの康之助《こうのすけ》さんを狙う刺客が誰なのかを調べていましたね」

その通りだね、と富士太郎はいった。山形屋というのは、日本橋小舟町《にほんばしこぶなちょう》に店を構える口入屋である。当主は康之助といい、歳は五十になったかならずやで、つい最近まで何者とも知れぬ者に命を狙われていた。

湯瀬直之進《ゆせなおのしん》の調べによって、西村京之助《にしむらきょうのすけ》という道場主が山形屋を狙っていることが知れ、平蜘蛛《ひらぐも》という闇討ちの剣による襲撃を受けたこともあったが、用心棒をつとめた平川琢ノ介《ひらかわたくのすけ》や倉田佐之助《くらたさのすけ》たちの活躍で、なんとか康之助を守りきった。その後、西村京之助は自刃《じじん》して果てた。これで、この一件は落着したことになっている。

「源助さんは、山形屋さんの依頼を受けて動いていた。それにもかかわらず、鍵吉らしい男を見て、そのあとをつけはじめた。そして殺された」

「うん、そうだね。珠吉、そこんところになにかおかしいところがあるのかい」

珠吉が眉根を寄せ、厳しい顔つきになる。

「旦那、しっかりしておくんなさい。少し考えればわかるこってすよ」

いわれて、富士太郎は素直に頭を働かせはじめた。すぐに答えは出た。

「ああ、そうだね。源助さんは危急の仕事を山形屋さんから頼まれていた。いくら鍵吉を見かけたからといって、役目をほっぽり出して、あとをつけてゆくような人じゃないってことだね」

「ご名答」

珠吉が表情をやわらげる。富士太郎はさらに思案をめぐらせた。

「それにもかかわらず、源助さんは鍵吉と思える男のあとを追っていった。それは、鍵吉という男が山形屋さんに関わりのある男だったから、っていうのは十分に考えられるね」

「山形屋さんの襲撃に関わっているかどうかは、もちろん源助さんにもわからなかったでしょうけど、とにかく山形屋さんと関わりを持つ者が目の前に唐突にあらわれた。それで、どうしてあいつが、という言葉につながったんじゃないかってあっしは思うんですよ」

なるほどねえ、といって富士太郎は大きく顎《あご》を動かした。

「珠吉、鋭いね」

珠吉がわずかに鼻をうごめかす。

「まだまだあっしも捨てたもんじゃありませんでしょ」

「まだまだなんて、とんでもない。すごいの一言だよ」

となれば、考えをめぐらせるまでもなかった。富士太郎はすばやく決断した。

「よし、珠吉、才蔵さんのところに行くのはちょっと後まわしにしよう」

「じゃあ」

「うん。山形屋さんに行くよ。話をきかなきゃいけないもの。ここからなら近いしね。あまり効き目はないかもしれないけど、この人相書も見てもらわないとね」

富士太郎は懐《ふところ》から二枚の紙を取りだした。両方ともていねいにたたんであるが、だいぶ傷《いた》んできている。

一枚は、根付職人の波八《なみはち》という男からきいて富士太郎が描きあげた建吉の人相書である。もう一枚は、鍵吉と関わり合った者たちの話をもとに描いた。

二枚をくらべて見ると、そこそこ似ている程度でしかない。とても同じ人物には見えない。しかも、鍵吉の人相書の左頰にはほくろがあるのに対し、建吉のほうにはそれがない。富士太郎たちは波八を再度訪ね、鍵吉の人相書を見せてみたが、この人でしたかねえ、う-ん、そうだったかもしれないですねえ、と自信なさそうにいうだけで、歯切れのよい答えはもらえなかった。

だが、そのことはもはや関係ない。富士太郎たちは、鍵吉と建吉は同じ人物であると信じているからだ。

富士太郎たちは、新たな手がかりを求めて日本橋小舟町へと足を向けた。

今日は晩秋の割に、陽射しがやや強いようだ。明け方は冷えこんだが、日がのぼるにつれ、徐々にではあるが、寒さが取り除かれつつある。雲は西のほうに少しわだかまっているだけで、上空には透き通るような青さが清々《せいせい》と広がり、太陽は夏の頃の勢いを取り戻さんばかりにつややかな光を発している。小春日和《こはるびより》になりそうな気配だ。

それでも、まだ朝のうちということもあって、あたたかさを感じるほどではなく、さわやかな風が木々の枝を騒がせる程度の強さで吹き渡っている。歩くのには寒くもなく暑くもなく、ちょうどいい感じだ。

背中にうっすらと汗が浮いた頃、富士太郎たちは山形屋の前に立った。路上に『桂庵《けいあん》山形屋』と記された看板が出ている。『御奉公人口入所』と染め抜かれた暖《の》簾《れん》が、五間はある広い間口の中央に掲げられ、風にわずかにはためいていた。日傭取《ひようと》りの仕事を求めているらしい男たちが、広々とした土間に何人もたむろしているのが暖簾越しに見える。いま刻限は五つ半頃だろうが、より割のよい仕事をおのがものにするためには、少し遅いのではないか。この刻限ではあまりいいものは残っていないような気がする。

ここには、と富士太郎は思った。直之進さんはいないんだよねえ。残念だねえ。いるのは豚ノ介だものねえ。

それと、富士太郎がずっと追っていた倉田佐之助である。琢ノ介と佐之助は、今も山形屋康之助の警護に就いているのだ。西村京之助亡《な》きあと、もはや警護の必要はないと思えるが、康之助が今しばらくお願いします、といったらしいのである。

京之助のほかに康之助を狙う者がいるということか。少なくとも、康之助はそういうふうに感じているのだろう。

確かに、あり得ないことではない。康之助が経営しているのは口入屋で、同じ店を営んでいる米田屋《よねだや》よりもはるかに儲《もう》かっているように見えるが、それでも副業にすぎないようなのだ。

康之助の本業といえるのは、土地や家屋の周旋である。こちらは口入稼業とはくらべものにならないほどの大金が動くだけに、もめ事や諍い、いざこざの類《たぐい》が数多くあるのではないか。やくざ者が絡み、首を突っこんでくることもあるのだろう。

なにしろ、琢ノ介たちに支払われる用心棒代が一日二分というのだから、これは破格としかいいようがない。山形屋がいかに儲かっているかを如実にあらわす額である。年間にいったいどれだけの利をあげているのか。命を狙われてもおかしくないだけの儲けがあるのはまちがいない。

西村京之助が死んだ今も同じ額が琢ノ介たちに支払われているのか富士太郎は知らないが、変わっていないのではないかと思っている。山形屋康之助という人は、最大の危機が去ったからといって、用心棒代を値切るような真似をする人には見えないからだ。

それにしてもやっぱり払いすぎだねえ。あの豚ノ介にそんなにいらないよ。猫に小判というけど、豚にも小判は似つかわしくないよねえ。

富士太郎はぶるぶると首を振った。

おいら、性格が悪くなっているね。こんなこと、思うなんてさ。前は人のことを悪くいうなんて、なかったのに。気をつけなくちゃならないね。こんなんじゃ、智ちゃんにきらわれちまうよ。

智代のことを思いだしたら、焼芋を懐に落としこんだみたいに胸がほかほかとあたたかくなってきた。早く妻にしたくてならない。母親の田津《たづ》があいだに人を立てて、智代の実家である一色屋《いっしきや》のあるじに縁談の申しこみを行うはずだが、それが進展しているかどうか富士太郎はよく知らない。気になっているのは事実だが、今は仕事の忙しさにかまけ、そちらを気にかける余裕はない。

いま智ちゃんはなにをしているのかなあ。掃除かなあ。一所懸命、廊下の雑巾《ぞうきん》がけをしているのかな。だいぶ水が冷たくなってきたから、たいへんだろうねえ。手が荒れなきゃいいけど。智ちゃんの手は、赤子のようにふっくらしているからねえ。あの手はずっとあのままでいてほしいねえ。

「旦那、どうかしたんですかい。なに、ぶつぶついっているんですかい」

はっとして富士太郎は珠吉に顔を向けた。

「なんでもないよ。おいら、ぶつぶつなんていってないだろう。珠吉、ぐずぐずしていないで、さっさと入るよ」

「はい、はい、わかりました」

珠吉は思いやりのこもった目で富士太郎を一瞥《いちべつ》したあと、静かに足を踏みだし、暖簾をそっと払った。ごめんください、といって店の者を呼ぶ。珠吉のうしろに続いた富士太郎も土間に立った。富士太郎を認めた手代らしい男がすぐさま寄ってきた。

富士太郎と珠吉は店の奥に通され、座敷に腰を落ち着けた。掃除が行き届き、深く呼吸をしたくなるような座敷である。畳は替えたばかりのように青々とし、爽快なにおいを立ちのぼらせている。

間を置くことなく廊下に人の気配が立ち、失礼いたします、と腰高障子の向こうから穏やかな声が発せられた。ほぼ同時に腰高障子が横になめらかに動き、この店のあるじが顔をのぞかせた。失礼いたします、とまたいって、富士太郎の前に正座した。富士太郎と珠吉に向かってていねいに頭を下げる。富士太郎と珠吉は辞儀を返した。

琢ノ介も康之助についてきていた。敷居際で富士太郎と珠吉に会釈してから、座敷に入り、後ろ手に腰高障子を閉じた。

相変わらず肥《こ》えている。康之助の警護に就いてから、さらに太ったのではあるまいか。毎日毎日、山形屋がだしてくれる物を、遠慮会釈なく食らい続けているのではあるまいか。まさに豚ノ介というのがふさわしい体になっている。

よっこらしょといって、琢ノ介が康之助の斜めうしろに控える。腹の肉がたるんでいるのが、ゆったりとした着物を通じてもはっきりとわかった。

こんな体つきではいざというとき困るのではないか、という気がするが、実際にはこの琢ノ介の、自らの命を顧《かえり》みない活躍で康之助は危地《きち》を脱したときいている。

肥え太っていても、肝心かなめのときにしっかりと動けるのならなんの問題もないのだが、これだけでっぷりとした腹を見せられると、西村京之助の襲撃の際、近くにいた誰もが瞠目するほどの活躍を見せたというのも、嘘としか思えなくなってくる。

それにしても、佐之助が康之助のそばにいないのは、どうしたことか。琢ノ介が依頼主のためにいくら命を捨てる覚悟でいるにしても、佐之助がいるといないとでは大違いで、康之助は大船に乗った気分というわけにはいかないのではないか。

しかし、わざわざそのことを自分から口にする気は富士太郎にはない。やはり佐之助については、忸怩《じくじ》たる思いがないわけではないのだ。

佐之助はこの江戸で人を殺《あや》めた。町方役人としては、そのときに引っ捕らえたかった。しかし佐之助は、とある事件において千代田城で将軍の命を救うという値千金《あたいせんきん》の働きをしてみせ、将軍からじきじきの許しを得て、天下の大道を堂々と歩ける身となった。

富士太郎は佐之助のことを頭から追いだし、口をひらこうとした。それを邪魔するかのように、廊下をやってくる足音がした。少しあわてている感じがするが、勘ちがいか。少なくとも、あれは佐之助ではない。

「遅くなりまして、申しわけありません」

そういって腰高障子をあけたのは、小柄な男だった。歳は四十をいくつかすぎていよう。力造《りきぞう》という番頭である。康之助の片腕というのがもっぱらの評判で、あるじの信頼は厚いときいている。敷居際で膝をつき、そのまま進んで琢ノ介の横に正座した。背筋を伸ばし、富士太郎を見つめてきた。

富士太郎は軽く咳払いした。

「お忙しいでしょうから、さっそく用件に入らせていただきます」

富士太郎は康之助をまっすぐに見ていった。

はい、と康之助が深くうなずく。琢ノ介は、どういう用件だろう、とくっきりと書いてあるような顔で富士太郎を見つめている。

富士太郎は、どうしてここまで足を運んだか、その理由を淡々とした口調で告げた。ききおえて康之助が、大きく顎を上下させる。

「確かに、樺山《かばやま》さまのおっしゃる通りでございます。源助さんというお方は、一度引き受けたことをほっぽり出して、なんの関係もない者のあとを追いかけてゆくような人ではございません。まして、命を狙われている手前の頼みであれば、なおさらです」

まだ源助が生きているような口ぶりで康之助がいった。

「鍵吉や建吉という者がうちにいたことはありませんが、その者がうちと関わりがあるのは、どうやら疑いようもないことにございますね」

眉根を寄せて語る康之助の背後で、力造がしきりにうなずく。

「これを見ていただけますか」

富士太郎は懐から二枚の人相書を取りだし、康之助に手渡した。康之助が人相書を並べて畳に置く。

「これは金吉《きんきち》……」

康之助が驚き、目をみはっている。力造も腰を浮かせ、身を乗りだしている。

「金吉ですか。どちらがですか」

富士太郎は冷静に康之助にただした。

「こちらです」

康之助がわずかに震える指でさしたのは、鍵吉が描かれた人相書だった。

「金吉というのは、何者です」

「以前、うちに奉公していた者です」

なんとなく、康之助の口調が重くなったように富士太郎は感じた。あまり触れたくない話題のようだ。

「以前というと、いつのことですか」

「四年ばかり前のことです」

「こちらに奉公したというのは、どなたかの紹介があったのですか」

いいえ、といって康之助がかぶりを振る。

「そういうものはありません。うちは口入れが稼業ですから、それにのっとって募集をかけました。それに応じて、奉公を願ったのが金吉でした。ちょうど商売がそれまで以上に順調にまわりはじめ、人が必要になったのです」

「そのときは、何人の奉公人を募集したのですか」

「二人です」

「山形屋さんは儲かっているという評判のお店《たな》ですから、募集に応じたのは、金吉だけではなかったのでしょう」

「ええ、たくさんいましたね。軽く三十人は超えていたのではないかと」

「そのなかで金吉という男が選ばれたのは、どうしてですか」

「人当たりがよく、機転もききそうでした。少し歳はいっていましたが、いかにも商人向きだと思ったからです。鍛えればよい商人になると直感しました」

康之助が自嘲気味に首を振る。

「しかし、それは手前の眼鏡《めがね》ちがいでした。手前には、あまり人を見る目が備わっていないようです」

「そんなことはありません」

力強くいったのは、番頭の力造である。

「旦那さまの眼力はたいしたものだと手前は思っております。今の奉公人は皆まじめで、生き生きと働いています。皆、旦那さまが選んだ者たちにございますよ」

「いい者ばかりに来てもらっているのはまちがいないね」

「誰もがここで働くことに、生き甲斐を感じているのではないかと思います」

「そうであるならうれしいね」

康之助がにこやかにほほえみ、白い歯がのぞいた。

「いま金吉がどうしているか、山形屋さんは知っていますか」

少し乾いた声で康之助が答えた。

「死んだそうですよ」

「えぇっ」

思ってもいない言葉だった。珠吉も目を大きく見ひらいている。

「どういうことです」

つっかえることのないよう、富士太郎はできるだけ平静にきいた。

「火事で死んだそうです。なんでも、酔っ払って煙草をつけたまま寝てしまい、全焼した家とともに焼け死んだとか」

金吉、つまり鍵吉が焼死したというのか。

「それは、いつのことですか」

「もう一月半ばかり前になりますね」

なんだって、と富士太郎は心中で叫び声をあげた。喉仏《のどぼとけ》を上下させ、静かに息をついてから言葉を発する。

「それはまちがいありませんか」

「はい、まちがいないと思います。なにより、湯瀬さまのお調べにございますから」

直之進さんが調べてきたのか、と富士太郎は思った。豚ノ介ならともかく、直之進さんの調べなら確かだろうね。

ここ数日会っていない。それも仕方のないことだね。いま直之進さんは江戸にいないのだから。あと幾日も会えないだろう。無事に故郷に着いたのだろうか。

直之進のことだからそんな心配は不要だろうが、富士太郎は案じられてならない。直之進は優男《やさおとこ》でとてもやさしいにもかかわらず、どこにいても嵐を呼んでしまうような男なのだ。

しかし、今は直之進のことを考えている場合ではなかった。富士太郎は目の前のことに思案を戻した。

源助が蕎麦屋から出てきた鍵吉らしい男を目にしたのは、半月ばかり前にすぎない。鍵吉のあとをつけたそのせいで、源助は殺されたと考えられる。

これはいったいどういうことなのか。まさかおきくとおれんのように、双子なのか。だが、それはちがうような気がしてならない。

それとも、ただ似ているだけで、鍵吉と金吉は別人、赤の他人なのだろうか。

それもやはり考えにくい。二人は同一人とみたほうがよいのはまちがいなさそうだ。

「どうした、樺太郎。いったいなにを思い悩んでいるんだ」

また樺太郎って呼んだね、と思い、富士太郎は琢ノ介をにらみつけたかったが、この豚にはなにをいっても無駄だろうね、と相手にせず、視線すら流さなかった。

「死骸は出たのですか」

富士太郎は仕事と割り切って、冷静に康之助にたずねた。無視されて、むっとした顔を琢ノ介がつくったのが視野の端に見えたが、まったく気にしなかった。

「ええ、出たそうですよ。真っ黒焦げだったそうです」

「ほれ、樺太郎、火事というのは、西村京之助の妻子が巻き添えになって死んだ火事だ。直之進が話してくれただろう」

琢ノ介のいう通りで、富士太郎は直之進から火事の話はきいている。

「では、西村道場が火事になったのは、金吉の家が火元だったということなのですか」

「そういうことだ」

琢ノ介がたっぷりとした頬を揺らすようにうなずいた。

「しかし死骸が真っ黒焦げになっていた以上、それが金吉であると、確めることはできないでしょうね」

康之助が静かにいった。

「山形屋さんは、金吉が死んだとは思っていないのではありませんか」

はい、と康之助が大きく顎を引いた。

「死んだと思っていないというより、あの男がこんなにたやすくこの世からいなくなることが信じられないのです」

「どうしてそういうふうに」

「金吉という男は、とにかく強《したた》かだからです。あの男が自分の煙草で火事をだし、それで焼け死ぬというへまを犯すなど、考えられないのでございます」

少し間を置いて、言葉を続ける。

「あの男なら、どんなにひどく酔っ払っていても、火に気づいて逃げだすような気がいたします。煙草の不始末での火事はとても多いそうですけど、あの男がそんな珍しくもない死に方をするなど、いくら湯瀬さまのお調べとはいえ、なかなか信じることはできません」

富士太郎は、源助殺しの犯人が鍵吉、つまり金吉ではないかという推測を口にした。

「源助さんが殺されたのは、半月前ですね。ということは、もし樺山さまがおっしゃる通りならば、金吉は生きているということになります」

「そういうことですね」

「では、火事で焼け死んだ者はいったい誰なんでしょう」

確かに別人が死んだということになる。あるいは、これも鍵吉が殺してそこに置いたのかもしれない。もしや、という思いが胸の奥のほうから泡のように浮かんできたが、先走りしちゃいけないよ、と富士太郎は自らを制した。

「金吉ですが、この店に奉公が決まったとき、住みこみになったのですか」

「ええ、さようにございます。他の奉公人たちと同じ部屋に入りました」

「その前はどこに住んでいたのですか」

その問いに、申しわけなさそうに康之助はかぶりを振った。

「無宿人も同然だったようです。どこに住んでいたのか、はっきりしません。もともと口入屋は、店自体が請人《うけにん》となってお客の奉公先を紹介するために、身元はさほど重く見ておりません。人物重視と申しますか。むしろ、無宿の者を減らせることで手前といたしましては、善行を積んだような気分になっておりました」

そうですか、と富士太郎はいった。

「金吉は、こちらにはどのくらいのあいだ、いたのですか」

「ほんの半年ばかりでしょうか。手前が馘《くび》にいたしました」

「どうして馘に」

「店の金をちょろまかしたからです」

「いくらくらいですか」

「五両ばかりですね」

「番所には届け出たのですか」

いいえ、と康之助が首を横に振る。

「御番所のお方を前にこのようなことを申すのはなんですが、仕返しが怖かったものですから、放逐で済ませました」

「金吉というのは、山形屋さんにもそういうふうに思わせる男なのですか」

唇を嚙み締めて康之助が首を縦に振る。

「さようです。人当たりは実によいのですが、蛇のような本性が次第にあらわれてくるというのでしょうか、なにを考えているのかわからない薄気味悪さ、不気味さがありました。一緒にいると、悪いことが起きそうな予感がするようになったのです。一度、店の廊下で鉢合わせしたことがありまして、そのときは背筋に氷を当てられたみたいにぞくりとしました。真っ昼間のことで、店には他の者たちもいましたのに、手前は奈落《ならく》の底に突き落とされるような恐怖にとらわれ、そのまましばらく立ちすくんでいたものです」

うしろの力造が、うんうんと首を何度も上下させる。

「言葉を失って身じろぎ一つせずにいらした旦那さまに、そのとき手前が声をかけました。旦那さまは我に返られ、いや、なんでもないとおっしゃいましたが、さようでしたか、あのときそういうことがございましたか」

康之助が、乾いてかさかさになった唇をそっとなめた。

「金吉を放逐したのも、報復が恐ろしかったからだけでなく、このまま店に置いておくと、たいへんなことになるのではないかという予感が大きくなって、怖くて怖くてどうしようもなかったからです。正直にいえば、金吉が金をごまかしてくれてよかったとさえ、今となっては思っているくらいです」

さようでしたか、といって富士太郎は少し息を入れた。座敷のなかが、少し蒸し暑いように感じられる。肥えた者がそばにいると暑苦しいものだが、この暑さは別に琢ノ介のせいではないだろう。太陽が高くのぼり、大気があたためられたためにすぎない。腰高障子に映る陽射しは、晩秋とは思えないような強さになっている。障子紙が日焼けしてしまうのではないだろうか。

「ところでこの人相書ですが」

富士太郎は、畳に置かれたままになっている二枚の人相書を指さした。

「こちらのほうが金吉という男に似ているとのことですが、金吉その者といってよい出来ですか」

「ええ、よく似ていると思います」

康之助が断言する。力造が言葉を添える。

「手前もそう思います。金吉にそっくりでございます」

「では、描き直す必要はないということですね」

「はい、それで十分だと思います」

康之助が太鼓判《たいこばん》を押してくれる。富士太郎は、これで用事は済んだような気がした。ききたいことはすべてきき、漏らしたことはないと思う。

「しかし金吉が生きているかもしれないというのは、気になりますね」

重苦しい口調でいった康之助は憂いの色を顔に刻んでいる。

「なにか悪いことが起きなければよいのですが」

「樺太郎、はやいところ金吉を見つけだせ。山形屋どのを安心させてくれ」

この豚男め、またいったね。おまえなんかにいわれなくても、ちゃんと仕事はするに決まっているだろう。

富士太郎は琢ノ介に一瞥すら与えなかった。

「ところで、倉田佐之助どのはどうしているんですか」

富士太郎は康之助にたずねた。正直なところ、佐之助にどのなど付けなくてもいいと思うが、さすがに将軍から直々に許された者を呼び捨てにはできない。

「気になるか、富士太郎」

琢ノ介がにやりと笑いかけてきた。今度はちゃんと名を呼んできた。それならば、富士太郎もしっかりと応えなければならない。

「ええ、それはもう。平川さんは心細くはないんですか」

「別にわしは倉田がおらずともへっちゃらだ。今は山形屋どのを狙っている者もいるようには思えぬし」

「ならば、どうしてまだ用心棒をしているのですか」

「用心のためだな」

琢ノ介が説明する。

「西村京之助がいなくなったとはいっても、実際のところ、山形屋どのを狙っている者がほかにいないかとなると、まだ心許《こころもと》ないものがある。『命をもらう』と記された文が山形屋どの宛に届いたのだが、それだって西村京之助が書いたものでないかもしれぬし」

「あれは西村さまの字ではありません」

康之助がはっきりと告げた。

「西村さまは達筆でございました。あんな金釘流《かなくぎりゅう》ではありません」

康之助が懐から、折りたたんだ一枚の紙を取りだした。それをていねいにひらいて、富士太郎に渡す。確かに『命をもらう』と下手《へた》くそな字で記されている。

富士太郎は紙を折りたたんで、康之助に戻した。

「しかし、達筆で書いた場合、誰の筆かわかってしまうかもしれぬと思えば、わざと崩して書くというのは、十分に考えられることですよ」

富士太郎は、康之助と琢ノ介の顔を交互に見ていった。

「確かにな」

琢ノ介が同意を示す。

「しかし、今はその金吉という気味の悪いやつが生きているとわかったんだろう。直之進の話では、金吉は山形屋どのにうらみを抱いているということだった。わざと自分の家から火をだして、西村京之助の妻子を焼死させ、山形屋どのにうらみを抱かせるように仕向けたということだって考えられるぞ」

ほう、なかなか鋭いことをいうね、と富士太郎は感じ入った。やはり長いこと用心棒を続けてきて、鍛えられているのは紛れもないことなのだろう。決して無駄飯を食らっているわけではない。人を守ることを生業《なりわい》として、いろいろと思案する習慣もできている。

琢ノ介が言葉を続ける。

「西村京之助亡き今、金吉が新たな手を講じて山形屋どのを狙ってくることだって考えられる。決して油断はできんぞ」

「いわれてみれば、『命をもらう』という字は、金吉のものに似ているような気がいたします」

康之助が眉尻《まゆじり》をきゅっと持ちあげた。

「やはり、まだ手前は狙われていると考えたほうがよさそうですね。平川さま、よろしくお願いいたします」

康之助が琢ノ介に向き直り、深々と頭を下げる。

「わかっておるよ。給金分の働きはさせていただく」

「給金分の働きをするのは至極当然でしょうけど、山形屋さん、平川さんだけでは心許ないのではありませんか」

「失礼なことをいうな、この樺太郎。といいたいところだが、正直いえば、佐之助抜きではわしも心許ない」

「やはりそうでしたか。それで、その倉田佐之助どのは、どうしたのですか」

「ちょっと裏口のほうだ」

琢ノ介が自らの肩越しに指をさす。くすりと笑う。

「妙な者がうろついておらぬか、怪しい者がこちらをうかがっておらぬか、見まわっておる。しかし、本音をいえば、富士太郎と顔を合わせるのを、避けたのかもしれぬ。おまえさんとはいろいろあったからな」

富士太郎は首肯《しゅこう》した。そういえば、佐之助には殺されかけたこともあった。恐怖は徐々に薄れてゆくもののようで、あのときの怖さ、恐ろしさはもう思いだせない。どうして佐之助に殺されそうになったのかも、もう思いだせない。以前は鮮明に脳裏に浮かびあがってきて、夢にまで見てうなされたものだったのに、いつからこんなふうになったのか。

もっとも、いつまでも恐ろしかったことを覚えていたら、ものの役に立つことはなくなってしまうのではないか。人間の頭というのは、恐怖でもなんでも、ときがたてば忘れるようにできているのかもしれない。

二

懐かしさに包まれる。

見慣れた山の姿を目にした途端、胸にこみあげるものがあった。ほとんど予期していない感情に、不意打ちを食らったような気分だ。

気持ちを落ち着けるために、湯瀬直之進はふうと息をついた。

まだはるか先だが、やや陰《かげ》りはじめた太陽の下、沼里《ぬまざと》城下を見おろす鹿抜山《かぬきやま》を望めるのである。こんもりと椀を伏せたような形がなんとも愛嬌《あいきょう》があるように感じられる。沼里の者はあの山を眺めて、日々を暮らす。やはり思い入れは強い。高さは六十丈をわずかに上まわる程度でしかないが、懐は深く、頂上からは狩《かり》場川《ばがわ》沿いに広がる沼里城下や北側に横たわる足高山《あしたかやま》、その向こうにそびえ立つ富士山、沼里の南に広がる駿河《するが》の海などの雄大な眺望がすばらしく、言葉をなくすほどだ。

山容《さんよう》は谷と尾根が入り組んで複雑な様相を呈し、樹木が鬱蒼《うっそう》と茂って鹿や狸《たぬき》、猪《いのしし》などの獣が棲息《せいそく》しているともきく。春になれば、全山が薄紅色《うすべにいろ》に染まるほど桜が花を咲かせ、沼里の住人たちがこぞって花見に繰りだすことでも知られる。

いま季節は秋で、こうして東海道から眺めていると、鹿抜山でも紅葉がはじまっているようだ。鹿抜山は紅葉の名所でもある。沼里は江戸よりだいぶあたたかく、紅葉の進みは十日ばかり遅い感じがする。紅葉の見頃にちょうど帰ってきたことになるかもしれない。

つい先日、米田屋の者たちと一緒に江戸下谷《したや》の正燈寺《しょうとうじ》に紅葉狩に行ったばかりだが、沼里でも紅葉にめぐり会えるのは、とても幸運なことだろう。

「直之進さん、うれしそう」

寄り添うように立つおきくが、菅笠《すげがさ》を傾けてにっこりと笑う。脚絆《きゃはん》に手甲《てっこう》、草鞋《わらじ》履きという旅姿である。よく似合っており、直之進は二度惚れしそうだ。

直之進のほうは、野袴《のばかま》に小袖《こそで》を着、肩には振り分け荷物を担いでいる。

「そうかもしれぬな。やはり故郷の風景というのは、心が躍る」

「あの山は鹿抜山ですね」

おきくが形のよい顎をあげていう。

「ほう、よく覚えているな」

「前に教えていただきましたから」

「そうだったな。前におきくちゃんが来たとき、故郷自慢ということで、いろいろと教えたんだった」

おきくは、以前単身沼里に向かった直之進に胸騒ぎを覚え、江戸を発《た》ったのである。琢ノ介がおきくの付き添いになり、道中の無事を守った。

「直之進さんにいろいろと故郷のことをうかがうのはとても楽しかったから、覚えるのは全然苦ではありませんでした。一つ覚えれば、それだけで、直之進さんに近づけるような気がしたから」

おきくがぽっと頬を赤らめる。おなごというのはなんともかわいいものだな、と直之進は思った。いとおしさが募《つの》る。

　できることなら抱き寄せたかったが、まだ夫婦《めおと》約束をかわしたにすぎず、実際に一緒になったわけではない。そんな不埒《ふらち》な真似は、仮に東海道に繁く往来がなくとも、できようはずがなかった。

　お伊勢《いせ》参りに向かうらしい白装束《しろしょうぞく》に身をかためた数人の男女が、直之進たちをのぞきこむようにして、追い越してゆく。葬儀のときに白装束に身を包むが、それと似たような意味で、お伊勢参りをする者たちのほぼすべてが白装束だ。これは、なにがあるかわからない旅の途上で倒れ、はかなくなったとき、いつでも葬れるようにするためである。

「おきくちゃん、疲れておらぬか」

　ゆっくりと歩きながら直之進は、これまで東海道を旅してきて何度投げたかわからない言葉を再び口にした。

「はい、大丈夫です」

　おきくも、これまでとまったく変わらない言葉を返してきた。直之進はおきくをじっと見た。今日は陽射しが強かったせいで、菅笠をかぶっているとはいっても、少し日焼けしたようだ。頬や額《ひたい》がうっすらと赤みを帯びている。元が雪のように白い肌だけに赤くなってしまうようだ。

おきくがにっこりとし、ふふ、と声を漏らす。くっきりとした目が細くなる。こういうときの表情は、ほんのわずかだが父親の光右衛門《みつえもん》に似ていると思う。しかし、口にしたところでおきくが喜ぶはずもないので、そのことに触れるつもりはない。

「本当に大丈夫ですから。疲れなんてありません。私は直之進さんより、十も若いんですから」

直之進も笑みをこぼした。

「強がっているわけではなさそうだな」

「もちろんです。それに、鹿抜山が見えたことで、私はさらに元気になりました」

うれしいことをいってくれる、と直之進は思った。自然に心が和《なご》む。少しだけ感じていた足の重さが飛んでゆくような心持ちになった。

「よし、あともう少しだ。おきくちゃん、一気に沼里まで行くぞ」

ここまで来てしまえば、残りはせいぜい三十町ばかりにすぎない。

振り分け荷物を担ぎ直して、足に力をこめて歩きはじめると、右手に石造りのがっちりとした鳥居《とりい》が見えてきた。鳥居の先には参道が続き、鬱蒼とした木々に囲まれた境内《けいだい》が北側に見えている。由緒《ゆいしょ》のある神社で、境内もなかなか奥行きがあるのだが、先ほど参拝してきた三島大社《みしまたいしゃ》のあとだけに、やはりどうしても狭く見えてしまう。

「八幡神社だ。ここも鹿抜山と同じで、参道沿いに植えられた桜並木が満開の時季になるとすばらしい。はらはらと花びらが散るなかを、参拝するのはとても風情がある。それと、ここには対面石というものがある」

「対面石。それはなんですか」

「鎌倉の昔、源頼朝公が挙兵し、この地に平家討伐のための本陣を設けたことがある。富士川《ふじがわ》の合戦を前にしてのものだといわれているが、そこへ陸奥《みちのく》から源義経公が駆けつけ、兄弟、涙の対面となった。そのとき二人が腰かけたといわれる石が、この神社の境内にはあるんだ」

「見てみたい」

「よし、入ろう。しかし、なんの変哲もない石だぞ。落胆されても困るので、先にいっておくが」

「落胆なんかしません。頼朝公と義経公が対面された石を目の当《ま》たりにできる日がくるなんて、夢にも思っていませんでした」

「おきくちゃんは軍記物が好きなのか」

神社に入る前に菅笠を取ったおきくが、にこにことかぶりを振る。

「いえ、私は歴史《いにしえ》が好きなんです。歴史《いにしえ》を感じさせるところは、江戸でもよく足を運びます。江戸は神君家康公がおつくりになった新しい町と思われていますけど、そのずっと前から時を刻んでいるんです」

「ほう、そうか。家康公といえば、この神社には家康公が奉納された刀剣があるらしい」

「どうしてあるのですか。ここはまだ伊豆《いず》国ですね。昔、家康公が駿河国を治められていたことは存じているのですが」

「豊臣秀吉公の小田原北条攻めの際、この神社に戦勝を祈願して奉納されたようだ」

「ああ、なるほど、そういうわけですか」

おきくの目が期待に輝いている。

「その刀剣は見ることができるのですか」

「さすがにむずかしいかもしれぬな。この神社の宝だろうから」

「そうですね。大事な物を見たい人すべてに見せていたら、たいへんなことになってしまいますものね」

少し残念そうだったが、おきくも納得したようだ。

対面石は本殿の西側にあった。人が腰かけるのにちょうどよさそうな細長い石が、向き合うようにして並んでいる。境内には何人かの旅人の姿があった。ここの対面石が東海道の道中記などに載せられ、このあたりの名所として紹介されているのを、直之進は知っている。

やはり変哲もない石だな、とこれまでに何度も見てきた直之進は思ったが、おきくは無邪気に喜んでいる。歴史《いにしえ》好きの面目躍如《めんもくやくじょ》といったところか。

「こっちの少し大きなほうに頼朝公が腰かけられ、こちらに義経公がお座りになったんですね」

目がきらきらとし、心から感激している。その姿を見て、なんと素直な女性《にょしょう》だろう、と直之進のほうが感動した。心がほっと温まる。

正直、この対面石の伝説が本当のことなのか、直之進には疑問がある。いかにも作り話めいて胡散臭《うさんくさ》いと思っているのだが、おきくを見ていると、そんな自分が臍曲《へそま》がりに思えてくる。こうして素直に信じたほうが人生を楽しく過ごせるのではないか。

やはりこの娘となら、一生添《そ》い遂《と》げられよう。その思いはさらに強くなり、今や確信となった。最初の結婚は苦いものに終わったが、今回は必ずうまくゆく。そんな気持ちが心にしっかりと根を張っている。

今度の沼里行きは、おきくとの婚姻が決まったことを、湯瀬家の先祖に報ずるための旅である。沼里ですべきことはただ一つ、墓参りだ。

さすがにそれだけではすまないかもしれないが、今回はあわただしく江戸を出てきたこともあり、沼里でゆっくりしている暇はない。江戸に急いで帰ったほうがいいと直之進は考えている。

西村京之助の一件は無事に落着したものの、その後の経過を見守りたいという気持ちが直之進のなかにあった。西村京之助の死で本当に終わったのか、という疑いはどうしてもぬぐいきれなかったからだ。しかし、光右衛門が今のうちに沼里へ行っていらっしゃいと強くいったのである。

——少し余裕ができた今を逃さずに先祖の墓参をなされ、結婚の許しをいただいてきたほうがよろしゅうございましょう。

そういうふうに直之進に真顔で勧めてきたのである。狸親父だからなにか企んでいるのではないかと勘繰《かんぐ》ったりしたのだが、今回に限ってはどうも裏はないようだ。目がいつになく真剣だった。

――こういうことは、しっかりやっておいたほうがいいのでございますよ。ご先祖を喜ばせることとこそが、人が幸せになる最善の手立てでございますからな。

直之進も同じように考えている。先祖がいるからこそ、今ここに自分がいられる。先祖と自分はしっかりと結びついている。だが、先祖のことを忘れてしまえば、そのつながりだって切れてしまうかもしれない。少なくとも、切れやすくなるのはまちがいないだろう。墓参りは、先祖との絆《きずな》を深める最高の手段であるはずだ。

そういう思いがあったからこそ、直之進は素直に光右衛門の勧めにしたがったのだ。もちろん、おきくと二人きりで旅ができるうれしさも感じていた。

おきくが対面石をじっと見ている。かたまったように動かない。

「どうした、おきくちゃん」

おきくがゆっくりと直之進のほうに体を向ける。

「いま私、本当にお二人の姿を見たような気がしました。兄弟お二人、楽しそうに談笑されていました」

そんな馬鹿な、と一笑に付すのはたやすいが、おきくのように素直な気性《きしょう》の持ち主には見えてもおかしくはないのではないか。

「それはよかった」

「信じてくださるのですか」

「おきくちゃんが嘘をいうはずがない」

「うれしい」

直之進はまたも抱き締めたくなった。ほかに人がいなかったら、本当に抱き寄せていたかもしれない。だが、まだ境内にはいくつかの人影がある。

ただし、それもまばらになりつつあった。木々が深い境内は、徐々に暗くなってきていた。

直之進は、梢《こずえ》のあいだからわずかにのぞいている空を見あげた。青さが薄れ、藍色が混ざりつつある。秋の日は釣瓶落《つるべお》としというが、夜はあっという間にやってくる。沼里まであとわずかな距離だが、ここは急いだほうがよさそうだ。

「おきくちゃん、そろそろ行こうか」

「はい、そういたしましょう」

直之進とおきくは対面石のそばを離れ、本殿の前を通って参道を引き返しはじめた。東海道に出る。鳥居のところで振り返り、二人して神社に向かって辞儀をした。それを終えると、おきくが菅笠をかぶった。

二人は東海道を西へ向けて歩きだした。街道は相変わらず大勢の人が上り下りを問わず、行きかっている。

この刻限なら、多くの旅人たちの泊まりは上りは沼里、下りは女郎で知られた三島《みしま》だろう。上りは、沼里の次の宿場である原《はら》までなら、さほど無理することなく足を延ばせるかもしれない。

しかし、下りはやはり三島までだろう。なにしろ、天下の険《けん》である箱根《はこね》が控えているのだ。三島からさらに先に進んだ場合、日暮れまでにはとても箱根宿までは行き着けないのではないか。山中宿《やまなか》などの間《あい》の宿はあるとはいえ、休息のみで宿泊は禁じられている。どう考えても、三島宿で今日の疲れを落としてゆくしかない。

八幡神社からしばらく行くと、松並木があらわれる。それが途切れると風景がひらけ、鹿抜山がいっそうはっきりと望めた。すでに暮色を帯びて、山の色が暗くなっている。太陽はだいぶ傾き、西の空は橙色《だいだいいろ》をはらんだような色彩になっている。これから瞬《また》く間に夕暮れがやってくるのだ。

道がわずかに登りになり、それが終わると、再び広々とした風景がひろがった。やや冷たさを覚えさせる風が吹き渡り、汗ばんだ体をそっと冷やしてゆく。故郷の風は冷たくても、とてもやさしく感じられる。

伊豆国の穀倉《こくそう》といえる広い平野が、左側に見えている。東海道は半町ばかりの幅の川にぶつかった。勢いはあるが、静かに流れる川には木橋が架かっていた。

ここからだと右手に富士山が鮮やかに眺められるが、左半分が足高山にさえぎられているために、あまりよい姿とはいえない。

それでも、大勢の旅人が少しだけ足をゆるめ、橋からの眺望を楽しんでいる様子だ。

「この川が、伊豆国と駿河国の国境になっている黄瀬川《きせがわ》ですね」

おきくが欄干《らんかん》越しに流れをのぞきこむ。

「まあ、なんてきれいな川。魚が一杯泳いでいるわ」

「この川は鮎《あゆ》釣りで名がある。今の時季なら落ち鮎がうまいかな」

「鮎といえば、沼里の狩場川も有名とのことでしたね」

これも直之進がおきくに教えたのだ。

「ああ、狩場川の鮎はうまいぞ。まちがいなく日《ひ》の本《もと》一だな」

おきくがくすりと笑う。

「直之進さんてかわいらしい。力んでそんなことをおっしゃるところが、とてもほほえましく思えます」

直之進は苦笑し、つぶやいた。

「いつまでもこの心持ちを失わぬようにするのが、夫婦和合の秘訣かもしれんな」

直之進とおきくは、他の旅人たちとともに東海道を進み、夕暮れ前に三層の天守が見おろす沼里宿に入った。沼里宿は本町と呼ばれる町に旅籠《はたご》がより多く集まっており、ここだけで四十軒以上の旅籠がある。沼里には五十五軒の旅籠があるといわれているから、この数からして、いかに本町が盛《さか》っているか知れようというものだ。

しかし、直之進たちは旅籠に泊まるつもりはない。まっすぐ西条町《さいじょうちょう》にある湯瀬家の屋敷に向かう気でいる。東海道から北に向かう脇道に出て、さらに西へ四町ばかり進むと、西条町である。

この町には、沼里家中の者がかたまって住んでいる。町の北側に外堀があり、この町が沼里城内であるのを教えている。町は本丸に近いほうに重臣の屋敷があり、家禄《かろく》が少なくなるにしたがって本丸から遠くなっている。三十石の湯瀬家の屋敷は、西条町の西の端にあった。

やがて、こぢんまりとした門が見え、直之進の胸はつまった。知らず立ちどまりそうになったが、全身に力を入れてそのまま歩み続けた。門の前で足をとめる。懐かしさがまたもこみあげてきた。帰ってきたという思いが心を満たす。わけもなく涙が出そうになったが、目を閉じることでそれを抑える。このくらいで侍が泣くなど、あってはならないことである。

菅笠を取ったおきくがじっと見ているのに気づいた。涙をためている。

「どうして泣く」

直之進の問いに、おきくがかぶりを振る。

「泣いてなどいません」

「いや、しかし」

「砂埃《すなぼこり》が入っただけです。沼里は直之進さんのおっしゃる通り、風が強いですね」

「まったくだな」

直之進はそれ以上、おきくの涙について触れる気はなかった。小さなくぐり戸を押してみた。桟《さん》がおりているようで、少し動いただけにすぎない。

「欽吉《きんきち》」

直之進は屋敷内にいるはずの下男を呼んだ。直之進が沼里を出て江戸に向かうに当たり、暇を与えたが、飛脚を走らせてこたびの帰省を知らせてある。この屋敷に戻って、直之進たちが一晩くらい過ごせるようにしてくれているはずなのだ。

「殿」

弾んだ声がすぐさま返ってきて、くぐり戸がきしんだ音を立ててひらいた。

「お待ちいたしておりました」

少ししわが深くなったようだが、相変わらず人のよい顔がこちらを見てほほえんだ。

「うむ、待たせた」

欽吉の目がおきくをとらえる。

「おう、こちらがご新造《しんぞう》になられるお方にございますな。なんときれいな……」

欽吉が絶句する。このあたりの大袈裟なところは昔と変わっていない。

「欽吉、早く入れてくれ」

「ああ、これは失礼をいたしました」

欽吉が下がり、直之進はくぐり戸に身を沈めた。うしろにおきくが続く。

「殿、よくお帰りになりました」

「うむ、ただいま戻った」

欽吉の目があらためておきくに向けられた。直之進は欽吉におきくを紹介した。欽吉が即座に辞儀を返す。

「手前、欽吉と申します。どうぞ、よろしくお願い申しあげます」

「こちらこそ、よろしくお願いいたします」

おきくが深く腰を折った。

「ああ、よいお方にございますなあ。さすが殿はお目が高い。どうか、殿をよろしくお願いいたします。まずまずよい男《おのこ》だと思われますので」

「まずまずとはどういう意味だ」

「言葉通りの意味にございますよ」

ほっほっと笑って、欽吉が直之進に向き直った。

「殿、今度は長く沼里にいらっしゃるのですか」

「いや、そういうわけにはいかぬ」

直之進は厳しい顔で首を横に振った。

「すぐに江戸に戻らねばならぬ」

欽吉のやせた肩がすとんと落ちた。

「さようですか。沼里のうまい物をたらふく召しあがっていただこうと思っておりましたのに」

「うまい物といえば、欽吉、夕餉《ゆうげ》の支度《したく》はしてあるのか」

「はい、もちろんにございます。おなかはお空《す》きですか」

「ぺこぺこだ」

「ああ、さようにございましょうなあ。江戸からいらっしゃったら、それはおなかも減りましょう。しかし、先に旅塵《りょじん》を落とされたほうがよろしいでしょうな」

確かにさっぱりしてから食べたほうが、夕餉はよりおいしいだろう。

「風呂はわいているのか」

「手前を誰だとお思いです。この欽吉に手抜かりはございませんよ」

まずは奥の座敷におきくを落ち着かせた。それから、直之進は遠慮するおきくを説き伏せ、先に風呂に入れた。最初の湯は、おきくにどうしても使わせてやりたかった。一番風呂は湯がかたいが、やはりきれいな湯のほうがずっと気持ちがいい。その思いが通じたようで、おきくはあらがうことなく風呂に浸《つ》かった。あまり長湯はせず、ほんの四半刻ばかりで出てきた。さすがに心地よさそうな顔をしている。

「湯加減はどうであった」

「ありがとうございます。ちょうどよい湯加減で、とてもいいお湯でございました」

「そいつはよかった。よし、俺も入らせてもらうとするか」

直之進は湯船の外で体を洗い、それからゆっくりと体を湯に浸した。疲れが湯に溶けてゆくような心持ちだ。目を閉じると、湯のあたたかさが体を包みこみ、このまま寝てしまいそうな快さである。

「殿、湯加減はいかがにございますか」

外から欽吉が声をかけてくる。焚《た》き口《ぐち》に薪《まき》を入れて、湯を熱くしてくれている。

「ああ、ちょうどよい」

「では、薪はこのくらいにしておきます。殿を茹《ゆ》であがらせてもしようがありませんからな。湯を出られたら、台所の隣の間においでください」

わかったというと、欽吉の足音が遠ざかっていった。

十分にあたたまってから直之進は湯船を出た。汗を流したことで疲れは取れたが、眠気がひどくなっている。いま布団に倒れこんだら、朝まで目が覚めないだろう。

欽吉の心尽くしの夕餉は、主菜が鯵《あじ》の干物で、ほかに豆腐の味噌汁、わかめの酢の物、たくあん、梅干しという献立《こんだて》だった。鯵の干物はほどよく脂がのっており、直之進の舌を喜ばせた。おきくも、おいしいですね、こんなにおいしい鯵の干物は初めてです、と目をみはりながら箸を使っている。給仕役の欽吉はにこにことひたすら目を細めている。

夕餉を終えると、直之進とおきくはすぐに部屋に引きあげた。むろん部屋は別々である。

「おきくちゃん、疲れただろう。今日はゆっくりとお休み」

「はい、ありがとうございます」

直之進は廊下の左右を見、欽吉がどこにもいないことを確かめた。おきくを抱き寄せ、唇を吸った。あっ、と声をあげたが、おきくはすぐに直之進に応えた。

ずっとこうしていたかったが、これ以上唇を吸い続けていると、我慢がきかなくなる。直之進は腕に思い切り力をこめて、おきくから体を離した。おきくは潤んだ瞳をしている。年頃の娘らしい色香が全身に漂っている。

「おきくちゃん、では、これでな。また明日の朝だ」

おきくがうなずき、腰高障子をあけてなかに引っこむ。腰高障子が閉まり、おきくの姿が見えなくなった。

ここまで我慢せずともよいのではないかという気になるが、このあたりは生まれつきの性分《しょうぶん》なのだから、仕方あるまい。それに、おきくとは一緒になる前にそういうことはしないと約束もかわした。

侍たる者、一度約したことは守らねばならぬ。

直之進は昔使っていた部屋に引っこんだ。おきくの部屋から三つの部屋を隔てている。もしおきくの身になにかあれば、すぐに駆けつけられる距離だ。

布団が敷いてある。よく日に当てられており、ふかふかで、太陽の香りがした。搔巻《かいまき》を着て、直之進は横たわった。目を閉じる。この世にこんなに気持ちがよいものがあるのか、というほど全身が解き放たれた感じだ。

直之進は、あっという間に眠りの坂を転げ落ちていった。

鳥のさえずりで目覚めた。もう朝なのか、と思って直之進は腰高障子に目を当てた。搔巻を着て布団に横になったのは、ついさっきのような気がする。

廊下をやってくる足音がし、部屋の前でとまった。

「殿。お目覚めですか」

「ああ、今ちょうど起きたところだ」

腰高障子があき、廊下に正座している欽吉がおはようございます、と挨拶《あいさつ》した。おはよう、と直之進は明るく返した。

「疲れは取れましたか」

「ああ、おかげでな。とてもよく眠れた。こんなに気持ちのよい眠りはいつ以来かわからぬくらいだ」

「それはようございました」

欽吉が顔をほころばせる。

「殿、朝餉《あさげ》ができました」

「そうか。すぐ行く」

欽吉が立ちあがろうとする。

「おきくはどうしている」

「先ほどお目覚めになって、庭を散策されていました」

今日も天気はよいようだ。すでに光が満ちあふれている。

直之進は手早く着替えを済ませ、手ぬぐいを持って庭に出た。おきくの姿を捜す。井戸のそばにいた。

「おはよう」

直之進は声をかけた。

「おはようございます」

おきくが張りのある声でいい、頭を下げた。肌つやもよい。目も生き生きと澄んでいる。目の下にくまをつくっているようなこともない。

昨日、寝る前に口づけしたことが思いだされ、直之進は一瞬、気が昂《たか》ぶりそうになった。

「疲れは取れたかい」

その思いを打ち消すようにいった。

「はい、おかげさまで」

おきくがにこにこと笑う。

「とても寝心地のよい布団でした。このまま江戸に持ち帰りたいくらいです」

「実をいえば、俺もだ」

顔を洗い、二人して台所横の部屋に入った。すでに膳が用意されている。納豆に卵、わかめの味噌汁にたくあん、梅干しというものだ。

「ずいぶんと豪勢だな」

直之進たちはさっそくいただいた。

「夕餉のときも思ったのですけど、こちらの味噌はとてもおいしいですね」

「欽吉の手作りだが、気に入ったようだな」

「はい、とても」

「欽吉はなんでもつくれるんだ。たくあんも梅干しも欽吉が漬けたものだが、特に味噌づくりは得手なんだ」

「なんなら江戸にお持ち帰りになりますか」

給仕をしている欽吉が勧める。

「よし、もらっていこう」

「でも」

「なに、さして荷物にはならぬ。ただ、江戸でもこの味が果たして楽しめるものか、少し疑問だぞ」

「ああ、水がちがうからですか」

「水のちがいもあるが、気候風土というべきものかな。よそで食べてこんなにうまいからと土産に買って帰ってあらためて食べてみると、おや、こんなものだったかな、というのはよくあることだから」

「ああ、そうですね。私はよその土地へほとんど行ったことがありませんけど、江戸のなかでもそういうことがときにあります」

「しかし、江戸でも欽吉の味噌が味わえるというのは、ありがたいことだ」

朝餉を終えると、欽吉が用意してくれた花と樒《しきみ》を手に直之進とおきくは墓参に出た。湯瀬家の菩提寺である妙旦寺《みょうたんじ》に赴く。別れた妻千勢《ちせ》の実家の墓も同じ寺にあった。

納所《なっしょ》で閼伽桶《あかおけ》と柄杓《ひしゃく》を借り、湯瀬家の墓の前にやってきた。墓のまわりを掃除し、墓石に水をかける。樒を生け、花を飾る。

最後に墓前にぬかずき、長いこと合掌した。とうに亡くなった両親におきくのことを紹介し、一緒になる旨を告げた。

それだけで気持ちがさっぱりし、爽快なものになった。やはり墓参りは気分がよいものだ。肉親や先祖のために行っているのだが、これは自分たちのためでもあるのだろう。墓参りをしたあと、よいことが起きるような気持ちになるのは、肉親や先祖の喜びがじかに伝わるからではないか。

おきくが涙ぐんでいる。

「どうした」

「わからないんです」

うれしそうにかぶりを振った。

「なぜか涙があふれてきてしまって」

「きっと俺たちのことを、湯瀬家の先祖が祝福してくれているからだろう」

「そうですね」

涙を流しながら、おきくが深くうなずく。

その後、千勢の父と兄の眠る墓にも参った。

直之進たちは納所に閼伽桶と柄杓を返し、さらに心付けを渡した。寺の者はありがたく受け取った。

直之進とおきくはいったん屋敷に戻った。一族の者にも、おきくを紹介しなければならない。その先触《さきぶ》れは欽吉に頼んであり、直之進が沼里に戻ってくることを、一族の者は知っているはずだ。

一族の長老とでも呼ぶべき湯瀬太郎右衛門《たろうえもん》の屋敷に行った。すでに一族の者すべてが集まっていた。といっても、沼里家中においてさしたる勢力もない一族だけに、大勢ではない。太郎右衛門は千勢に逃げられた直之進をなじったこともあったが、主君の又太郎《またたろう》の危機を救った勲功《くんこう》もあって、屋敷に姿を見せた直之進を一族の誇りとまでいった。

「でかしたな、直之進」

太郎右衛門はすでに酒が入っている。赤い顔をして上機嫌である。

「こんなに美しい女性《にょしょう》を妻にできるなど、果報者《かほうもの》だぞ」

「かたじけなく存じます」

「大事にするのだぞ。おまえはなにしろ二度目だ。おきくどのにも逃げられたら、目も当てられんぞ」

「はい、しっかりつなぎとめられるように、精進《しょうじん》努力を欠かしませぬ」

それから次から次へと一族の者から酒をすすめられ、直之進はそれらを律儀にすべて受け、杯《さかずき》をあけていった。おきくもだいぶ飲まされている。歌や踊りもはじまり、座敷はあっという間に無礼講《ぶれいこう》の場と化した。

夜になってようやく直之進とおきくは屋敷に戻ってこられた。

ふらふらだった。直之進はおきくを寝間まで送り、それから自分の部屋に向かった。布団に倒れこむと、朝まで正体なく眠った。

目覚めたときはさすがにふつか酔いだったが、だされた酒がよかったのか、頭はあまり痛くなかった。振ってみると、軽い痛みがあるだけだ。これは助かった。

あまり食い気もなかったが、欽吉の腕がよいせいか、朝餉は意外にすすんだ。おきくの箸もよく動いている。

「今日は少し寒いな」

「さようですね。あたたかな沼里といっても、冷えることがあるのですね」

朝餉を終えて、直之進たちがのんびりと茶をすすっていると、殿、と欽吉が呼びかけてきた。

「昨日、届け物がありました」

「届け物。なにが届いた」

「お着物にございます」

「置物。どんな置物だ」

「女物にございます」

「置物に女物なんてあるのか」

「ございますとも」

「人形かなにかか」

――ああ、人形でございますか」

「ああ、手前が申しているお着物は、お召し物にございますか。

「ああ、着物のことか。女物がどうしてうちに届く」

「おきくさまのものにございます」

「おきく宛の着物が届いたというのか。誰からだ」

欽吉がにやりと笑う。

「どなたからだとお思いになりますか」

直之進はしばらく考えた。

「誰だろう。わからぬ」

「お殿さまにございますよ」

あっさりといった。

「又太郎さまだと」

直之進は腰をあげかけた。

「はい、さようで」

「又太郎さまから、おきく宛の着物が届いたというのか」

「はい、さようで」

欽吉が喉仏《のどぼとけ》を上下させた。

「おきくさまにはそれを着られ、お城に見えるようにとのお達しでございます」

「又太郎さまがそうおっしゃったのか」

「お殿さまの御使者でございますが」

「今日、城にあがるのだな」

「さようでございます」

「いつあがればよい」

「四つ刻とのことでございました」

「いま何刻《なんどき》だろう」

「まだ五つ前にございます。時間は十分にございます」

城まではすぐだ。着替えに手間取ったとしても、たいした時間はかからない。

四つなら十分に間に合う。

直之進たちは、又太郎から届いた着物を見た。鮮やかな橙色の地に紅葉の模様が散らされた美しい小袖だ。いかにもおきくに似合いそうだ。というよりも、これとよく似た小袖を、下谷正燈寺の紅葉狩でおきくは身に着けていたではないか。

「急なことですまぬが、我が殿はどうやらそなたに会いたがっておられる。よいか」

「又太郎さまにお会いするのは初めてではありませんから、大丈夫でございますよ」

「ああ、そうか。以前、お会いしたな」

身支度をととのえた直之進たちはさっそく沼里城に向かった。それにしても、と歩を運びながら直之進は思った。どうして殿は自分が沼里に来たことをご存じなのだろうか。一族の者に知らせたから、太郎右衛門あたりから知らせがいったのか。

直之進たちがやってくることは周知されている様子で、なんの滞《とどこお》りもなく城内に入ることができた。二ノ丸御殿に通され、さらに又太郎たちが暮らす奥へといざなわれた。目の前に一段上がった間があり、そこには座布団と脇息《きようそく》が置かれている。

　座敷で直之進たちがかしこまっていると、杉板戸の向こうに人が立つ気配がした。直之進の背筋が伸びると同時に、からりと小気味よい音を発して杉板戸が横に滑った。小姓らしい者の姿が見え、それに大きな影が取って代わった。

「よく来た」

　いかにも活力にあふれている様子の又太郎が、直之進たちの前に進んできた。直之進とおきくは静かに平伏した。

　又太郎がどかりと座布団の上に座る。脇息にもたれるような真似はせず、少し前屈《まえかが》みになって直之進とおきくに興味深げな目を当てる。面《おもて》をあげよ、といった。

　直之進とおきくはいわれた通りにした。ただし、控えめにするのは忘れない。いくら又太郎が気さくで大名らしくない男だといっても、やはり礼儀は必要であろう。

「ふむ、いよいよ二人は夫婦か。うらやましいぞ。おきくなら、わしの嫁にしたいくらいだ」

「はっ、しかし、それは無理な相談にございます」

「相変わらず冗談の通じぬ男よ。直之進、まだまだな。そう堅くかまえるでない」

「はっ」

「それにしても直之進、でかした。おきくは三国一《さんごくいち》の花嫁だぞ」

又太郎がいかにもうれしげにいう。

「かたじけなく存じます」

直之進は深く辞儀をした。今頃になってふつか酔いが出てきたか、少し頭が痛かった。

「どうした、直之進」

目ざとく又太郎がきいてきた。又太郎相手にごまかしても仕方がない。直之進は正直に告げた。

「ふつか酔いか。余も若い頃はようなったものよ。今はすごさぬようにしておるが」

直之進は又太郎に遠慮がちな視線を当てた。

「殿におかれましては、ご壮健《そうけん》のご様子、なによりにございます」

「うむ、毎晩早く寝て、毎朝早く起きるようにしておる。食事もほどほどを心がけ、酒は滅多にやらぬ」

　又太郎がよく光る目でいう。頬もつややかで、血色がよい。元気の素《もと》が体内に満ち満ちている感じだ。

「余が健《すこ》やかでないと、領民たちを幸せにしてやることができぬからな」

「殿は、領民のことを第一に考えておられるのでございますか」

「そうだ。この沼里という国は物成《ものな》りがよく、実に富んでおるが、さらに富ませたいと余は思っておる。百年に一度の飢饉《ききん》がきても、びくともしない国にしたいと思っている。今はその国づくりの真っ最中だ」

「それはすばらしいことにございます」

「すばらしくはないさ。領主として当然のつとめよ」

　又太郎がいたずらっぽく笑う。

「どうだ、直之進。余も少しは領主らしくなったか」

「ご立派にございます」

　横でおきくも大きくうなずいている。直之進は言葉を続けた。

「そのような心がけを持っておられる殿をいただき、領民たちは幸せにございましょう」

「それならよいのだが、まだまだ力不足でな。狩場川一つ御《ぎょ》せぬ。ときおり大水が出て、領民たちがひどく難儀する。なんとか治水《ちすい》の道をつけたいが、今のところ、良策はない。直之進、なにかうまい知恵はないか」

直之進は困った。治水など考えたこともない。いったいなんと答えればよいのか。

はっは、と快活な笑い声が頭上に降ってきた。

「直之進、許せ。そなたに治水のことは無理だな」

「はあ」

「直之進、江戸にいる安芝菱五郎《やすしばひしごろう》を知っているだろう」

闇討ちの剣を得意とする明新鋭智流《めいしんえいちりゅう》のことを教えてくれた先輩である。

「はい、存じております」

「あれが使いをよこした。そなたが沼里に来るとな」

「さようでございましたか」

沼里に旅立つ前、上屋敷を訪れ、直之進は菱五郎に一度故郷に帰ることを告げている。

「あの男、いま江戸に残って学問に励んでいるが、ことに精励《せいれい》しているのは、治水のことよ。あの男が一刻も早く戻り、治水に励めばなんとかなるかもしれん。もちろん、余もいろいろと書物を読みあさっているがな」

「それがしがお役に立てればよいのですが」

「よい、直之進、無理をするな。そなたは剣術に秀《ひい》でておる。それをさらに伸ばせばよい」

「はっ、仰せの通りにいたします」

「直之進」

又太郎が声をあらためて呼びかけてきた。

「まだふつか酔いは治らぬか」

「首を振ってもよろしいでしょうか」

「ああ、かまわぬ」

直之進は軽く首を左右に振った。自然に眉根が寄った。

「まだ治っておらぬようだな」

「はっ、申しわけございませぬ」

「別に謝ることはない。今からふつか酔いに最も効く薬を処方してやろう」

又太郎がぱんぱんと手のひらを打ち合わせた。間を置くことなく、杉板戸の向こうに大勢の気配が集まった。と思うや、杉板戸があき、膳をささげもった女中たちが入ってきた。

直之進の手に杯が渡される。おきくも持たされた。

「飲め、直之進」

ひさごを手にした又太郎が、直之進の前までやってきて杯に酒を注ぐ。

「ふつか酔いにいちばん効く薬というのは、これにございますか」

「そうだ。これを口にすれば、頭の痛み、気持ち悪さなど、吹っ飛んでゆくぞ。今日は余も飲む。直之進もおきくも飲め」

直之進はもうためらわなかった。ふだん口にすることのない酒を飲むという又太郎の気持ちがうれしかった。

直之進は一気に杯を干した。おきくも同じようにした。

「おう、二人ともすばらしい飲みっぷりよな。似合いの夫婦だ」

又太郎が杯を差しだした。直之進は酒を注いだ。

「よし、余も飲むぞ」

宣するようにいって、又太郎が杯を傾けた。喉仏が上下する。

「うー、効くのう」

た。


又太郎が直之進とおきくに酒を勧める。

直之進たちはここは遠慮していても仕方がないとばかりに次々に杯をからにした。

又太郎もぐいぐい飲んでいる。

「ああ、そうだ。直之進、酔っ払う前にいうておく」

直之進は威儀《いぎ》を正し、耳を傾けた。

「そなた、将軍家の危機を救ったらしいな」

「いえ、それがしではなく、殿もご存じの倉田佐之助が救いました」

「だが、そなたも倉田の手助けをしたのであろう」

「はい。微力ではありましたが」

「よいか、楽しみにしておけ。余に考えがあるゆえな」

「どのようなお考えでございましょう」

又太郎が顔の前で手を振る。

「それをいってしまったら、楽しみがなかろう。直之進、待っておれ」

「はっ、承知いたしました」

「よし、直之進、おきく、飲め」

又太郎はいかにも楽しそうだ。

このお顔を拝見しただけで、と直之進は思った。沼里に戻ってきた甲斐があったというものだ。

第二章

一

　昨日、沼里に着いただろう。


直之進は女連れだから、ふつうに行くより一日多くかかるのではないかと倉田佐之助はみていた。

　道中なにごともなければ、昨日の夕刻には沼里城下に入ったはずだ。

　沼里へは二度、行ったことがある。太陽が妙に明るく、西の風が強く、潮のにおいが濃く、人々の歩調はゆったりとしていた。せかせかしたものがない、どこかのんびりとした町だった。食い物もうまかった。特に名物の鯵の干物はよかった。

　一つ残念だったのは、近くにそびえ立つ富士山が手前の足高山に邪魔されて、上の半分ほどしか望めないところだ。

はじめて沼里入りしたのは、殺しのためだった。沼里では家中の侍を三人殺した。あれは仕事だった。いま考えると、どうしてあのようなことを生業にしていたのか、納得がいかない。家が取り潰しになり、愛する女を失い、目標も見失い、頭に血がのぼっていたのか。とにかく、自分は弱かった。それだけのことだ。

沼里で殺した三人のなかに、藤村円四郎《ふじむらえんしろう》という男がいた。千勢の想い人だった。千勢は円四郎の仇を討つために沼里を出奔《しゅっぽん》し、江戸に出てきた。仇の相手はむろんこの俺だった。それがどういう因縁か、今は一緒になったも同然に暮らしている。

将軍直々に許しをもらい、すべての罪を許されて自由を得た。殺しを生業としていたとき、別段、町奉行所などの捕り手を怖れたことはなかったが、やはり常に緊張に身をさらしていたのは紛れもない。今のこの伸びやかな気分とはくらべものにならない。

沼里へ二度目に行ったのは、なぜだったか。あのときはわざわざ赴《おもむ》く必要もなかったような気がするが、沼里へ単身向かった直之進を陰ながら助けたいという気持ちがあったにちがいなかろう。

　その甲斐あってというべきか、下総《しもうさ》で座礁した船から又太郎と琢ノ介を救いだすことができた。もしあのとき自分がいなかったら、船に閉じこめられていたあの二人は、溺れ死にしていたのではあるまいか。

　今頃、直之進はどうしているのだろうか。もともと沼里では長居する気がないといっていたが、もう向こうを出立したというようなことはさすがにあるまい。それでは、おきくがもつまい。おきくの疲れが取れないままに出立するとは、あの男の性格からして考えられない。

　少なくとも、今日明日は沼里にとどまり、おきくの疲労を癒《いや》すことに専心するのではないだろうか。沼里に温泉はわいていないが、一山越えた伊豆に行けば、いくらでも温泉場があるときいている。そういう湯治場で一泊くらいしてくればよいのに、と思うが、さてどうだろうか。

　直之進のことだ、やはりすぐに江戸に向けて発つにちがいない。あの男は山形屋のことを案じている。西村京之助が死んだからといって、山形屋の件が落着したとは考えていないのだ。この俺が山形屋の警護に就いているからこそ、沼里に行くことを決意したのである。

そうでなければ、いくら湯瀬一族におきくのことを紹介するためといっても、断じて沼里に足を運ぶことはなかっただろう。

むろん自分も山形屋のことは気になっていた。だから、こうして警護に就いているのだ。決して気をゆるめることはない。

だが、今のところなにも妙な動きはない。だからといって、これからなにも起きぬという保証はない。気を張って、体を張って山形屋を守るという決意に変わりはない。

「昨日はなにをしていたんだ」

同じ部屋にいる琢ノ介がきいてきた。ずっと壁に背中を預け、刀を抱き、口をあいて寝ていたが、急に目を覚ましたようだ。今いるのは六畳間だが、まんなかに大火鉢が置かれ、ときおり炭が弾けて黒い煙が立ちのぼってゆく。部屋には大火鉢のおかげで暖かさが満ちており、それに琢ノ介は眠気を誘われたのだろう。いつでも眠れるというのはむしろよいことだ。その分、夜に目がさえるという効果が生まれる。

佐之助たちが守るべき康之助は、いま隣の部屋で帳簿と格闘している。ぱちぱちと軽快に指で弾かれる算盤《そろばん》の音が、襖を通してきこえてくる。あの音をきく限り、康之助におびえの色はない。

「昨日というと」

佐之助は問い返した。

「樺太郎が来ていたときだ。裏口にまわっただろう」

「見廻りだ」

「樺太郎と顔を合わせたくなかったのではないのか」

「どうしてそう思う」

「いや、なに。おぬし、樺太郎を殺そうとしたときもあっただろう。樺太郎は相当怖かったと思うぞ」

「殺そうなどと思ってはいなかった。脅せばよいと思っていた。追い払えれば、それで十分だった」

「まことか」

「ああ」

「ふむ、そうだったのか。今度会ったら、そのことを伝えてやろう。樺太郎もおぬしに会いやすくなるのではないか。むろん、おぬしもだが」

「どうでもいいことだ。あの町方同心は見た目よりもずっと度胸が据わっているし、頭のめぐりも悪くないが、俺の人生にはほとんど関わりのない男ゆえ」

「ほう、樺太郎の頭のめぐりがよいか。そのあたりは、伊達《だて》に町方同心をつとめておらぬということだな」

「今のまま成長してゆけば、南町奉行所を背負って立つ男になろう。それだけの資質はあると思っている」

　琢ノ介が目を丸くする。

「いくらなんでも、ほめすぎではないか」

　佐之助は苦笑を口の端に浮かべた。

「かもしれぬ」

「しかし、おぬしがそこまで樺太郎のことを買っているとは思わなんだ。これはちょっとした驚きだな」

「俺はおぬしのことも買っているぞ。この前、山形屋が西村京之助に襲われたときの働きはことのほか見事だった。女だったら、おぬしに惚れていたのではないかと思えるほどの働きだった」

　琢ノ介が壁から背中を引きはがし、佐之助をしげしげと見る。

「おぬしは役者のようによい男だから、女にしたら生唾が出るほどの美形になると思うが、所詮は男だからな。惚れられてもうれしくはないな」

「別に俺がおぬしに惚れたわけではない。おぬし、そういえば、好きなおなごがいるのではないか」

　琢ノ介が目をみはる。

「どうして知っているんだ。直之進からきいたのか」

「ずいぶんと正直な男よな。湯瀬からおぬしのおなごのことなど、一度も耳にしたことはない。俺の勘よ。前とくらべたら、おぬし、ずいぶんと生き生きしていると思ってな。そういうときの理由はだいたい一つだ」

　ふふ、と琢ノ介が小さく笑う。

「生き生きしているというのなら、おぬしこそそうだろうが。昔とはくらべものにならぬほど血色もよい」

　佐之助は逆らうことなく深くうなずいた。

「今の暮らしにはなんの不満もないゆえ、それが顔に出ているのだろう」

　ほう、と琢ノ介が嘆声を漏らす。

「人間、変われば変わるもんだ。おぬしが今の暮らしに満足しているとは。いつもなにかに不満を抱いている男だと思っていたよ」

以前はまちがいなくそうだっただろう、と佐之助は思った。だが、もはやそれは過去のことでしかない。千勢とお咲希《さき》が身近にいる暮らし。何物にも代えがたい。

しかし、その気持ちが用心棒としての働きを鈍らせるというようなことはないか。佐之助は心中で首を振った。戦いの場に臨めば、千勢もお咲希のことも脳裏から瞬時に消え去り、憑《つ》かれたように戦うことは目に見えている。

琢ノ介が身を乗りだしてきた。

「ところで、おぬしに一つききたいことがあるのだが、よいか」

「おぬしが遠慮を見せるなど、珍しいことがあるものだ。なんだ」

琢ノ介が声をひそめる。

「山形屋どのだが、まだ狙われていると思っているか」

「ああ、そう思っている」

隣をはばかって、佐之助も声を低くした。

「どうしてそう思う」

「西村京之助をけしかけたかもしれぬ金吉という男が、焼死したと見せかけて実は生きているやもしれぬのだろう。金吉という男が山形屋に意趣《いしゅ》を抱いているのなら、まだ終わっておらぬ。必ず別の手を打ってこよう」

琢ノ介が肉のついた顎を引く。

「どういう手立てを使ってくるかな」

「さあ、それはわからんが、火事を起こすのが得意なら、そういう手を使ってくるかもしれぬ」

「火事か」

琢ノ介が大火鉢に火箸を突っこんで炭を器用に動かし、それから天井を見あげた。風が建物を叩く音がかすかにきこえる。

「ふむ、ちょうど季節も冬に移ろうというときだものな。江戸でも北風が強くなってくる。付け火をするなら、格好の晩が多くなる」

そのとき康之助に声をかけ、隣の間に入ってきた者があった。番頭の力造である。佐之助たちが耳を澄《す》ませると、康之助に来客を告げているのが知れた。

「来客というと、どなたかな」

「喜知右衛門《きちえもん》さんでございます」

「ほう、喜知右衛門さんが訪ねてくるなど珍しいね。なに用かな」

「仕事の依頼で見えたようです。なんでも口入れをお願いしたいとのことです力造が康之助の耳に口を寄せたようだ。佐之助は神経を研《と》ぎ澄ませたが、力造がなんと続けたのか、わからなかった。

「それはまことか」

あわてたように康之助が立ちあがった気配が伝わってきた。琢ノ介が腰をあげた。壁に立てかけてあった刀を手にするや佐之助もすっくと立った。大火鉢に目をやり、火事につながるような状態でないのを確かめてから、襖をあけた。

「喜知右衛門どのというのは」

刀を腰に差した琢ノ介がいちはやく康之助の前に進んで、たずねた。

「ああ、はい、昔からのお客さまにございます。商家をされておりましたが、今は隠居なされており、危険とはまったく縁のないお方にございますよ」

「商家の隠居か。歳は」

油断することなく、琢ノ介が問いを重ねる。

「確か六十五ではないかと。ですので、本当になんの危険もないお方にございます」

　康之助が力造に顔を向ける。

「座敷にお通ししてあるんだね」

「はい、旦那さまをお待ちです」

　それでは行こうか、といって康之助が部屋を出る。琢ノ介がすっと前に出て、康之助を先導する。佐之助は康之助の背後につき、長い廊下を音もなく歩いた。最後尾は力造である。

　なんとなくうしろから視線を感じ、佐之助はちらりと振り返った。力造が顔をあげて佐之助を見つめている。

「どうかしたか」

「ああ、いえ」

　力造がなんでもないというように首を振る。暑くもないのに、首筋の汗をぬぐうような仕草をした。

「あまりに倉田さまのお背中が広いものですから、つい見とれてしまいました」

「男に興味があるのか」

「いえ、とんでもない」

狼狽《ろうばい》したように力造が手を振ったとき、突き当たりの座敷の前で足をとめた康之助が、座敷へと声をかけ、ためらうことなく腰高障子をあける。

琢ノ介が一応、座敷のなかをのぞきこんだが、年寄りが一人しかいないのを見て取ったようで、すぐさま手招きをした。康之助がうなずき、なかに入る。

佐之助は、少し遅れて座敷に足を踏み入れた。きれいに掃除がなされ、低い日の光が腰高障子越しに斜めに射しこんでいる八畳間に、喜知右衛門というらしい年寄りが一人、ぽつねんと座っている。怪我をしているようで、左手を右手でそっと押さえていた。強い膏薬《こうやく》のにおいが座敷に漂っている。

康之助が、喜知右衛門の前に正座した。腰から刀を鞘ごと引き抜いた琢ノ介が康之助の斜めうしろに座り、力造がその横に控える。佐之助は廊下に膝をついた。

「喜知右衛門さん、ずいぶんとお久しぶりでございますな」

「いえ、こちらこそ。ご無沙汰しております」

「その後、ご商売はいかがにございますか」

「ええ、まずまず順調に。せがれががんばっておりますよ」

「それはようございました。さて、力造からうかがいましたが、なんでもお怪我をされたとか」

康之助が喜知右衛門にきく。喜知右衛門がいまいましげに顔をゆがめた。鼻が潰れたようになっており、細い目がつりあがり、上唇は薄く、下唇が厚いという、もともといい人相をしているとはいいがたいのが、そうすると、よけい悪相に見える。商家の隠居とのことだが、主人として采配を振るっていたときは、けっこう小ずるく商売をしてきたのではないか。だが、人は見かけによらないともいう。意外に善行を積んできているというのも、考えられないではない。

「これでございますよ」

しわがれた声でいって、悔しそうに唇を曲げた喜知右衛門が左手の袖をまくってみせた。下膊《かはく》に、厚く晒《さら》しが巻いてある。たっぷりと膏薬が塗られているようで、においの元はこれだった。

「いったいどうされました」

康之助の問いに、腹立たしげに喜知右衛門がかぶりを振る。

「それがさっぱりわからんのですよ。いきなり襲われましてね。ここを、匕首《あいくち》でやられました。着物もろとも切られて、血が噴きあがったんですよ。その勢いに、手前は卒倒しかけました」

青ざめた顔で喜知右衛門が息をつく。

「誰にやられたのです」

喜知右衛門が顔をしかめる。

「それもわからないのですよ」

「どういうことです」

「どういうこともなにも、手前にはなんで襲われたのか、今でもさっぱり見当がつかないのですよ」

「襲われたのはいつです」

「昨晩です。なじみの小料理屋に行ったその帰りですよ」

そのときのことを思いだしたようで、喜知右衛門が力なく首を振る。

「襲ってきた者の顔はご覧になりましたか」

いえ、と顔をあげた喜知右衛門が悔しげにいう。

「そんな余裕はありませんでした。一人だってことはわかりましたが、身を守るのに精一杯で。しかし、あれだってもし人が通りかからなかったら、今頃手前は閻魔《えんま》さまにいろいろと問いただされている最中ではないでしょうかね」

やはり悪さをしてきたのではないか。だから、閻魔などという言葉が出てくるのだろう。

「得物《えもの》が匕首であるのは、わかったのだな」

佐之助は声を発した。思いもかけないところから言葉が飛んできたことにびっくりしたらしく、喜知右衛門が腰を浮かせて佐之助を見た。

「あの、そちらのお方は」

康之助にきく。康之助が説明する。

「えっ、用心棒って山形屋さんも狙われているんですか」

「ええ。しかし、こちらのほうはだいぶ落ち着いてきました」

さようですか、と喜知右衛門が額の汗を懐紙《かいし》でぬぐった。それから佐之助に目を向けてきた。

「得物が匕首だとわかったのは、小料理屋の提灯《ちょうちん》の明かりを抜き身が弾いたからです」

「賊の顔は見えなかったのか」

「はい、さようです」

「身なりはどうだった」

「こそ泥を思わせるなりだったような気がしますが、はっきりしません」

「人が通りかかってくれたといったが、その前に助けを呼ばなかったのか。小料理屋に客はいなかったのか」

「客は手前一人でした。小料理屋の主人は、手前と同じ歳の頃のばあさんですし。それに恐怖で喉が干あがって、助けを呼ぶことに思いが至りませんでした。仮に助けを呼ぼうとしても、あのざまでは、声が出なかったにちがいありません」

「通りかかったのは何者だ」

「ああ、はい」

喜知右衛門が目を閉じる。うんうんと顎を上下させて、目をあけた。

「三人組でした。三人とも職人でした。近くの飲み屋で、しこたま飲んだ帰りだったようです」

「三人の男が助けに走ってきてくれたのか」

「はい、さようです」

「しこたま飲んでいたのに、三人の男はすぐに気づいて駆けつけてくれたのか」

「ふらふらとでしたが」

「その酔っ払った三人に恐れをなして、賊は逃げていったのか」

「逃げていったというより、自ら姿を消した感じでした。ちっ、と舌打ちがきこえましたから」

佐之助は少し間を置いた。

「おぬしは、そのとき酔ってはいなかったのか」

「いえ、少しだけ酔っていました」

「賊はいきなり目の前にあらわれたのか」

「はい、手前の前に立ちふさがると、匕首を振りおろしました」

「匕首に両手を添えて、突っこんできたわけではなかったのだな。命を狙うつもりなら、匕首は振るよりも刺したほうが威力がある。刀とはわけがちがうからな」

喜知右衛門が天井を見あげる。天井も手入れが行き届いているようで、汚れ一つついていなかった。

「ああ、いえ、そうではなかったかもしれません。最初あの男は突っこんできたような気がします。すみません、あのときはひどく動転しており、よく覚えておりません」

「倉田さま、あとは手前がお話をうかがいますので」

康之助が小さく一礼してみせ、なだめるようにいった。

「ああ、すまぬ」

佐之助も会釈気味に頭を下げた。

「それで、喜知右衛門さん、ご用件は口入れとのことですが、用心棒が必要とのことにございますか」

「さようです」

喜知右衛門が大きくうなずく。

「いったい誰の仕業なのかわからないのですが、やはり命を狙われているのは、気持ちのよいものではありません。十分長生きしたように思いますけど、やっぱりまだまだ死にたくはありませんし」

「襲ってきた者に、本当に心当たりはないのでござるか」

これは琢ノ介がきいた。はい、と申しわけなさそうに喜知右衛門が顎を引く。

「昨日、医者に駆けこんだのち、一晩じっくりと考えてみたのですが、まったくわかりませんでした。今もわかりません」

「襲われたのは昨晩といったな。医者の手当を受けたそのあと、どこですごした」

琢ノ介が新たな問いを発した。

「はい。そのまま家に戻るのは恐ろしゅうてなりませんでしたので、医者近くの知り合いの船宿に泊まりました」

「今日はそこからここに来たのか」

「はい、まっすぐまいりました」

「ここまで来る途中、怪しい者の気配はなかったか」

喜知右衛門が少し考える。

「手前には、そういう気配とかはよくわかりません。とにかくびくびくしながら、人通りの多いところを選んでやってまいりました。とりあえず襲われることなく、こちらにたどりつけました」

ほっとしたように首筋の汗を手ぬぐいでふいた。それから畳に両手をがばっとつき、康之助をじっと見、こうべを垂れた。

「山形屋さん、用心棒をつけていただけますか。いえ、是非ともつけてください。よろしくお願いします。でなければ、手前はおちおち眠ることもできません」

「はい、わかりました。おつけいたしましょう」

「腕の立つ人をお願いします」

「はい、それはおまかせください。うちは最上の腕の者ばかりそろえていますから」

喜知右衛門がちらりと佐之助を見る。

「こちらのお方の腕はいかがです。手前から見ても、いかにも遣い手といった雰囲気を漂わせていますが」

「倉田さまですか」

康之助が少しむずかしい顔をした。

「山形屋さんがつけているくらいですから、相当の腕の持ち主なのではないですか」

「はい、それはもうたいしたものでございますよ。最上の腕の持ち主といってよいと思います」

「でしたら、倉田さまをお願いしたいのですが、いかがですか」

「それはかまいません」

一顧だにせず康之助がいったので、えっ、という顔を琢ノ介がした。

「しかし、お高《たこ》うございますよ。それでもよろしゅうございますか」

「おいくらですか」

「一日二分にございます。実際に手前どもはお払いしております」

「一日二分ですか」

さすがに喜知右衛門が考えこむ。しばらく目を閉じて思案に暮れていたが、雲でもかかったか、太陽が陰ったのを合図に心を決めたように顔をあげた。

「わかりました。お支払いいたしましょう」

「本当によろしいのですか」

「もっと安い代のお方でもよいのではないかとささやく自分がおりましたが、ここは思い切ることにいたしました。一つしかない命には替えられません」

「しかし山形屋どの、わしだけではおぬしを守りきることはむずかしいぞ」

琢ノ介がいさめるような口調でいう。

「平川さまだけでも、手前は守ってくださると思っていますよ」

「いや、しかし」

「案じられますな」

康之助が安心させるように穏やかな笑みを浮かべる。

「今も道場での考試を行っているのでございます。今日、新たに三人のお侍が用

心棒としてうちに入ってこられます。とりあえず、そのお三人に平川さまととも
に手前を守っていただくことにいたします」

腕はよいのか、と問いかけて佐之助はとどまった。直之進のようなわけにはい
くまいが、腕が悪くないのは確かだ。五回勝ち抜かねば山形屋の考試の勝者には
なれない。並みの腕の者にできる業《わざ》ではない。三人とも、それなりに頼りになる
にちがいなかった。

「だが山形屋どの、その三人より倉田佐之助のほうが強いのは、明らかだぞ」

「しかし、西村京之助さまほどの腕の者は襲ってこないでしょう」

「それはどうかな。そういう者が山形屋どのを狙っているかもしれんぞ」

「もういい、平川」

佐之助は琢ノ介を制するようにいった。

「どうしてだ」

「俺が悪かったんだ。しゃべりすぎたということだろう」

それで、喜知右衛門に目をつけられることになった。自業自得だ。

琢ノ介が残念そうにうなだれる。

「大丈夫だ。おぬしは一人でも十分にやれる男だ。自信を持て」

佐之助は琢ノ介の肩を叩いて励ましてから、康之助に視線を移した。

「新しい三人に会えるか」

はい、と康之助がうなずき、横の力造を見る。それを受けて力造が話す。

「お三人には、五つ半にはおいでくださるように伝えてありますから、じき見える頃ではないでしょうか」

二

足先が冷たい。

右足の指の付け根に、氷のかたまりが置かれているかのようだ。

いや、ようだ、ではない。まちがいなく置かれている。

冷たいよお、と叫ぶようにいって富士太郎は右足をぶんぶんと振った。冗談じゃないよ。人が寝てるあいだに、いったい誰がこんな真似をしたんだい。

毒づいて口にしたが、氷は足から落ちていかない。もうなんなんだい、これは。いっそう激しく足を振ったが、氷は貼りついたままで、冷たさは消えない。

まったくもう、腹が立つね。

富士太郎は目をあけた。夜明けまではまだ間があるようで、部屋は闇にすっぽりと包まれたままだ。富士太郎は体を曲げ、手を伸ばした。右足を探る。しかし、氷らしいものなど手に触れない。

あれ、おかしいね。氷じゃないってことかい。じゃあ、これはいったいなんなんだい。

——さて、なんなんだろうな。

耳にささやくような声が忍びこんできた。

「誰だい」

富士太郎は右足をさする手をとめ、暗闇に向かって誰何《すいか》した。

——知っているだろう。俺だよ。

「顔を見せなよ。声だけじゃ、おいらにはわからないよ」

——そうだな。まだ一度も会ったことはないからな。

「早くしな」

闇の向こうから笑い声が漏れる。

——南町奉行所きってのがんばり屋とのことだが、意外に短気なんだな。

「そうだよ。おいらは江戸っ子だ。ぐずぐずするのは、きらいなんだよ」

——じゃあ、ご要望にお応えするか。

声が暗黒のなかに吸いこまれるのとほぼ同時に、ぬっと男の顔が出てきた。柔和そうな目をしているが、底知れない感じがある。どこか人をなめたような瞳だ。自分は人を自在に操れると考えている男であるのは、紛れもない。

あれ、こいつ、見たことあるよ。会ったことはないのに、どうしてかね。ああ、こいつは人相書のやつだよ。

富士太郎は、はっとした。こいつは——。

そう思ったら、左の頬にあるほくろが目に飛びこんできた。

「鍵吉」

——やっとわかってくれたようだな。

「鍵吉、よくおいらの前に顔を見せられたものだね。そこに直りな。引っ捕らえてやるから」

——なんの罪だい。

「源助さん殺しに決まっているだろう。それと、秀五郎さんのかどわかしもだよ」

鍵吉があきれたように首を振る。

――濡衣《ぬれぎぬ》だよ。証拠はいったいどこにあるんだ。

「証拠はこれから見つけだすさ」

鍵吉が苦笑めいたものを顔に刻む。

――まったく乱暴だねえ。見込みで探索しているから、無実の者を捕らえ、あの世に送りこむってことが、いつまでたっても減らないんだよ。

「おまえは無実じゃないだろ」

鍵吉が肩をすくめる。

――証拠がないうちは、そんなことをいっちゃあいけないんだよ。

「必ず見つけるさ。首を洗って待ってな」

鍵吉が、ふふ、と笑う。

――ここじゃ捕まえないんだな。

「そうだよ。証拠がないからね、見逃してやるよ」

――そうかい。ありがとよ。じゃ、お仕置きはやめてやろう。

「お仕置きって、なんのことだい」

――なんだ、気づかないのか。足の冷たいのがなくなっただろう。

むっ、と富士太郎は顔をしかめた。右足の冷たさが消えている。

「氷は、おまえがやっていたのかい」

――氷じゃないんだが、まあ、このくらい朝飯前なんだ。お仕置きの代わりに、今度はお礼をしようかな。

「おまえの礼なんていらないよ」

――そんなつれないことをいうもんじゃない。今度はあったためてやるよ。

熱っ。富士太郎は身をよじった。今度は左足が火にあぶられているかのようだ。

「なにするんだい」

――なに、こいつであったためてやっているんだ。

鍵吉が右手をすっと持ちあげる。なにか橙色の細長い物を握っている。焼け火箸だ。全体が赤く染まっているのを、鍵吉は平然とした顔でぎゅっと握りこんでいる。

――ほら、気分はどうかな。あったかくて気持ちいいだろう。さっきの火箸は火にあぶっていなかったから、冷たかったものな。

「やめろっ」

富士太郎は怒鳴った。だが、鍵吉はにやにやしているばかりである。蛙の面にしょんべんというやつだ。

「やめろっていってんだよ。やめないと、ひどい目に遭わせるよ」

――ひどい目ってどんな目かな。

「必ず獄門台に送ってやるからね」

――そいつはひどいなあ。俺は無実だし、足をあっためてやっているのに、獄門台はないんじゃないか。

「早く火箸をどけな」

富士太郎の体中から脂汗が出てきた。

――ふむふむ、だいぶあったまってきたようだな。じゃあ、お礼はこのくらいにしておこうかな。

手にした焼け火箸を肩にのせるや、鍵吉がきびすを返す。闇の扉を手荒に押しあけて、姿を消そうとしている。

「待ちなっ」

富士太郎は鋭く声を発したが、鍵吉はちらりとも振り返らなかった。

肩の上の焼け火箸がわずかに見えたのを最後に、扉が音もなく閉まった。

橙色が、焼きごてでも当てられたかのように目に残っている。

「どうされました」

湯飲みを膳の上に置いて、智代が顔をのぞきこんでくる。ちょうど富士太郎は、智代の心尽くしである朝餉を終えたところだった。

「なにか気がかりでも、おありですか」

富士太郎はにこりとして、小さくかぶりを振った。

「ううん、気がかりというほどのものじゃないんだよ。今朝は冷えこんだだろ。それで足が布団からはみ出ていてね、そのせいでちょっといやな夢を見たんだ」

智代が裾を払って、富士太郎の前に正座する。母親が心配そうに子を見るような色が瞳に宿っている。

「怖い夢ですか」

「ううん、怖くはないよ。ただ、いやな男が出てきたんだ」

「誰ですか」

「いま追っている男だよ。鍵吉というんだ。建吉ともいうんだけどね」

富士太郎は懐を探り、人相書をつかみだした。智代がよく見えるようにひら

い

く。

「こいつだよ」

真剣な目差しで、智代がじっと見る。そんな表情を見るだけで、富士太郎はいとおしくてたまらなくなる。

「この人はなにをしたんです。あっ、うかがってもよろしいですか」

もちろんだよ、と富士太郎はいい、鍵吉がどんな真似をしたか語った。

「そうですか。この人は、岡っ引の源助さんという人を殺《あや》めたんですか」

「まだ決め手となる証拠はないんだけどね」

「富士太郎さんは、この鍵吉という男が源助さんを手にかけたと考えていらっしゃるんですね」

人相書をていねいにたたみ、懐にしまい入れて富士太郎は深く顎を引いた。

「まずまちがいないと思っているよ」

「でしたら、この人がやったのはまちがいないと思います」

智代が断言する。

「富士太郎さんの勘はよく当たるから、というような理由ではありません。富士太郎さんは根拠もなく、人を疑う人ではありません。それに、無実の人を捕縛することが決してないように、常にとても気を遣っていらっしゃいます。そういうお考えの人が、この男がやったと確信されている。そうである以上、この鍵吉という人が犯人であるということで、もうまちがいないと思います」

智代の顔は少し上気している。そんなところもかわいくてならない。富士太郎はにこやかに笑い、湯飲みを手にした。少しぬるくなった茶をすする。

「あっ、いれ直しましょうか」

「いや、いいよ。おいらは熱いのも平気だけど、実をいうと、このくらいの熱さが大好きなんだよ。ああ、うまいなあ」

心の底からいった。智代の顔が和《なご》む。実際、智代のいれてくれる茶は実に美味なのだ。同じ茶葉だというのに、自分や母の田津ではこうはいかない。

「智ちゃんのお茶は、ほんとおいしいねえ。なにか秘訣でもあるのかい」

「いえ、秘訣なんてありません。ただ、富士太郎さんにおいしく飲んでいただこうと心をこめていれているだけです」

「心をこめてか。いうのはたやすいけれど、いつもいつも続けるのはたいへんなことだと思うよ。智ちゃんは、ほんと、すばらしい娘さんだね」

「いえ、そんなこと、ありません」

智代が富士太郎を見つめる。

「富士太郎さんのほうが、ずっとすばらしいお方です。人を思いやれるし、人の気持ちをくみ取れるお方です。そういうお方だから、若くして御番所の定廻りを見事につとめられているのだと思います」

智代の目が潤んだが、同時に決意の灯がともったのを富士太郎は見た。

「私、そんな富士太郎さんのことを心から——」

「智ちゃん、おいらは智ちゃんのことが大好きだよ」

智代に最後までいわせなかった。好きだというのは、男の役目だという思いが富士太郎にあったからだ。

智代が息を詰めた。吐きだすや、すぐに言葉を発した。

「本当ですか」

「ああ、本当さ。知らなかったかい」

智代がぽっと頬を染める。

「そうだったらいいなあ、と小さな頃から思っていました」

智代がまっすぐ富士太郎を見る。

「私、富士太郎さんのことが大好きです。ずっとお慕いしておりました」

「ありがとう。智ちゃんみたいに素敵な娘さんに好いてもらえるなんて、おいらは江戸でいちばん、いや、日の本の国でいちばんの幸せ者だよ」

富士太郎の手が自然に伸び、智代を抱き寄せた。智代は一瞬、びっくりしたようだが、素直に富士太郎にもたれかかり、胸に顔をうずめた。

いいにおいが富士太郎の鼻腔に入りこみ、やがて胸を一杯に満たした。智代の体には意外なほどやわらかな肉が息づいていた。着やせするたちなのが知れた。

富士太郎は目を閉じ、ああ、なんて幸せなんだろう、と喜びをしみじみと嚙み締めた。この世でこれほど幸福を感じられる瞬間があるとは、夢にも思っていなかった。

母上にはほんと、感謝だよ。あのまま直之進さんのことを好きでい続けたら、こんなすばらしい思いを味わうことは、一生なかったわけだからね。

「おいらは、こうして智ちゃんを抱き締めるのを夢見ていたんだよ。智ちゃんがこの屋敷に来てから、いつも不埒な思いで智ちゃんを見ていたんだ。こんなおいらを軽蔑するかい」

智代が胸のなかで、いやいやをするようにかぶりを振った。

「私もずっとこういうふうにされたいと思っていました。夢がかなってこんなにうれしいことは……」

富士太郎は、胸のあたりがあたたかくなってきたのを感じた。智代の体がわななくようにわずかに動いている。

しばらく二人は抱き合ったまま、じっとしていた。静かにゆったりとときが流れてゆく。こんな時間を大好きな女性とともにすごすのは、まさに至幸《しこう》のときといえた。

富士太郎は、一生こうしていたいくらいだった。智代も同じ思いでいるのは、きかずとも知れた。

不意に、どこかで物音が立った。二人は、はっとした。富士太郎はあたりを見まわし、智代が顔をあげた。

「ああ、あれだよ」

富士太郎は左手を掲げて指さした。一匹の野良猫が台所に入りこみ、しきりににおいを嗅《か》いでいるのが見えた。

「ああ、たまちゃん」

「名があるのかい」

「ええ、私が勝手につけたんですけど。ときおり餌をあげるから、なついちゃっているんです」

「たまちゃんも、智ちゃんにかわいがられて幸せだよ」

富士太郎は智代をぎゅっと抱き締めた。顔をゆっくりと近づける。智代が気づき、静かに目を閉じた。

目の前に智代の顔がある。桃色の唇が、風に揺れる花のようにかすかに震えている。富士太郎は自分の唇をそっと押し当て、やわらかな唇を吸った。ああ、と心のうちを感動が走り抜けた。

決して大仰でなく、甘い味がする。これが蜜の味というやつだろう。富士太郎は頭がくらくらした。智代を床に押し倒したくなりそうだ。そんなことは智代のためにも、決してできない。

だが、まだ唇を離したくない。しかし、このままでいると、最後まで猛進しそうな自分がいる。それではいけない。冷静になれ、と自らにいいきかせて、富士太郎は全身に力をこめた。渾身《こんしん》の力をふるって、智代から唇を引きはがした。

智代が目をあけた。瞳が潤んでいる。一粒の涙がぽとりとこぼれ落ちた。

「……私、幸せです」

それからは泉のようにわいてきて、涙のしずくがしたたり続けた。

「おいらもだよ。智ちゃん、うちに来てくれてありがとうね」

富士太郎は指をつかって、智代の涙をやさしくぬぐった。

そのとき、廊下を渡ってくる足音がした。智代があわてて後ずさり、富士太郎と距離を取った。着物の袖で涙をふく。しかし、目の赤みが取れるわけではない。

あれは母上だね、と耳を澄ませて富士太郎は思った。この屋敷には富士太郎と智代のほかに、田津しかいない。しっかりとした足音が、まっすぐこの部屋に向かってきている。

智代となにも話さず、黙りこくっているのはなにか不自然と田津に取られるような気がして、富士太郎は話題を探した。

「皆《みな》ちゃんはどうしている」

富士太郎は智代に問うた。智代はいきなり妹の皆代《みなよ》のことをきかれて面食らったようだが、すぐに富士太郎の意図を解したらしく、大きくうなずいた。

「ええ、元気にしていると思います。最後に会ったのが、この前私が外出して、ちょっと実家に寄ったときだから、もう半月近く前なんですけど、そのときはとても元気でした」

「そいつはよかった」

田津が敷居際に立った。

「富士太郎、いつまで食べているの。あなた、遅刻するわよ。それに、膳が片づかなくて、智代さんも迷惑よ」

「いえ、そんな迷惑だなんて」

今が何刻なのか、刻限をまったく気にしていなかった。

「はい、今すぐ」

富士太郎は立ちあがった。その拍子に膳を引っ繰り返しそうになったが、それは手際よく智代が押さえたことで、茶碗が転げるようなことにはならなかった。

「さすが智代さんだわ」

田津が笑顔でほめる。

「富士太郎、侍たる者、遅刻しそうなくらいであわてるものではありませんよ。早く支度をなさい」

「はい、わかりました」

「富士太郎、あなたはいつも返事だけはいいわね」

「はあ、すみません」

「最近では返事もろくにできない人が多いらしいから、それだけでも十分ですよ」

にこっと笑って田津が廊下を去ってゆく。

「母上、元気がいいな」

富士太郎ははっとした。

「智ちゃん、もう母上から腰の痛みのこと、きいたかい」

「はい、うかがいました」

「仮病だったってきいて、びっくりしたんじゃないかい」

「びっくりしましたけど、うれしくも思いました。田津さまが私を選んでくださり、お屋敷に置いてくださったことに、感謝の思いで一杯です」

智ちゃんは本当にいい娘だねえ。人を疑うってこと、知らないんだねえ。どういうふうに育てたら、こんなにいい娘ができあがるんだろう。

どこかでときを告げるように、鶏の鳴き声がした。庭の木々でたわむれる鳥のさえずりも、さらにかしましいものになっている。

「智ちゃん、いま何刻だろう」

「六つ半くらいではないかと思います」

智代が自信を持っていいきる。

「ああ、それならまだ大丈夫だね。そうか、夢のせいで今朝は少し早起きだったからね。あんな夢でも役に立つことがあるんだね」

「本当ですね」

「六つ半ならまだ少し余裕があるね。智ちゃん、このまえ皆ちゃんに好きな人がいるっていったね。相手はどういう人なんだい」

智代が少し考えこむ。

「それがはっきりとはわからないのです。職人らしいとはそれとなくきいたのですけど」

「なんの職人だろう」

智代が首を横に振る。

「それがわからないのです。そこがちょっと不安なんです」

「変な男に引っかかっているようなことはないだろうねえ」

「皆代はしっかりしていますけど、まだ十六なので、あるいは……」

「気になるね」

「はい」

智代の眉間《みけん》に、あまり似つかわしくない縦じわが刻まれた。

「妹に限って大丈夫だと思うのですけど」

自らにいいきかせるような口調だ。あっ、と気づいたようにいって形のよい目をあげ、富士太郎を見つめる。

「富士太郎さん、急がないとさすがに遅れます」


気になるね。

詰所での簡単な書類仕事を終えた富士太郎は大門につながる短い廊下を歩きつつ、そんなことを思った。気にかかっているのは、皆代の相手のことだ。いったいどんな男なんだろうね。

よい男なら、なんの問題もない。皆代はきっと幸せになれるだろう。皆代の婿となって一色屋の跡を取れるような器量の持ち主だったら、これ以上のことはない。それは正直なところ、富士太郎にとっても幸いである。そうなれば、堂々と富士太郎は智代を嫁に迎えることができる。

富士太郎は大門の下に出た。珠吉はまだ来ていない。富士太郎は智代に見送りを受けて、少し急いで町奉行所にやってきたのだ。その分、早く着きすぎたのである。

だが、と富士太郎は思った。智ちゃんのあの口ぶりでは、皆ちゃんの好きな男というのは、さしていい男ではないのかもしれないね。

智代自身、まだ会ったこともなければ、顔すらも見たことがないようだが、少なくとも皆代の好きな男に対して、あまりよい思いを抱いていないのは確かだろう。

となると、今のところ、皆代の想い人が一色屋へ婿入りするのは、期待薄といってよい。そんな男を、一色屋の主人の順左衛門《じゅんざえもん》が認めるはずがないからだ。

一度おいらも会ってみたいものだね。顔や所作を見れば、どんな男なのかすぐに見抜けるってもんさ。いい男なら、背筋に一本しっかりと芯《しん》が通っているものさ。というよりも、これまで悪い男はさんざん見てきたからね、その手の類の男だったら、ぴんとくるものがあるはずだよ。

あるいは、と富士太郎は思う。皆代の心を捉えたのは、全身から醸《かも》しだす悪のにおいかもしれない。いいところのお嬢さんは、これまで目にしたことのないものがとても新鮮で、心惹かれやすい。それに乗じて男がちょっと弱いところを見せると、やさしすぎるだけに、私が守ってあげなきゃという気持ちに陥りやすい。

これまで富士太郎は裕福な家の気立てのよい娘が、悪辣《あくらつ》な男の毒牙にかかり、餌食になってきたのを幾度となく見てきている。

うん、やっぱり一度、会っておきたいものだね。うん、そうしなきゃいけないよ。いいやつか悪いやつか、おいらが見てやらなければいけないね。

富士太郎は顔を昂然とあげた。

しかし、別れさせるのは、なかなかむずかしいかもしれないね。純粋な娘ほど、夢中になってしまうものだからね。男のいいところばかりを見ようとするし、悪いところはかわいげに映ったり、きっと自分が直してみせるって力んでしまうものだからね。

視野の端に、小走りに駆けてきた一人の男の姿が入る。

「旦那、すみません、待たせちまって」

富士太郎の前に駆けこんで珠吉が頭をぺこりと下げる。

「いや、今朝はおいらがちょっと早く来ちまっただけさ。珠吉は遅くないよ」

「さいですかい。旦那の姿を見て、ちょっと焦りましたよ。長年積み重ねた、遅刻などしないって自信があっけなく崩れてしまいましたからね」

「それはすまないことをしたね。しかし、珠吉、そのいい草はちと大袈裟じゃないかい」

「旦那のいう通りですね。歳を取ると、いい方がどうしても大仰になっちまう」

「歳は取りたくないもんだね」

「旦那、それはあっしの台詞《せりふ》ですよ」

不意に珠吉がまじめな顔になった。今日も天気はよく、秋にはあまり似つかわしくない、燦々《さんさん》と輝く太陽が雲一つない空にのぼってきつつあるが、そのつややかな陽射しのはね返りを浴びて、珠吉の頬はもう六十とは思えないほどつやつやと光を帯びている。

この分なら、今日も昨日の疲れを残していないようだ。ばりばり働くことができるだろう。珠吉の元気な顔を見ると、富士太郎はいつもほっとする。江戸から富士山が眺められたときもうれしいが、それとはくらべものにならない。

「さて、冗談はこのくらいにして、旦那、仕事にかかりましょう」

「うん、そうだね。いつまでも無駄口を叩いていてもしようがないからね」

富士太郎は一つ息を入れた。

「火事で死んだはずの金吉だけど、身代わりにされた者がいるっていうのは、もうまちがいないね」

珠吉が大きく顎を縦に動かす。

「あっしもそう思いやす。鍵吉がかどわかして殺し、自分の家に火をつけたんでしょう」

「まさか殺さずに気絶させただけで火を放ったというようなことはないだろうね」

富士太郎にいわれて、珠吉が唇をぎゅっと引き結んで、考えはじめた。

「これまでいろいろな人の話をきく限り、鍵吉という男は、そのくらい平気でしてのけそうな気はしますね。だからこそ、不気味な男なんでしょうけど。しかし――」

富士太郎は珠吉が続けるのを待った。

「鍵吉がかどわかしたのは、自分の身代わりをつとめる男ですからね。もし万が一、気絶から目覚めて火から逃げだすという事態になったら、すべてが台なしになりかねません」

「うん、そうだね」

「ということは、やはり殺してから家に横たわらせたことになるんじゃありませんかい」

「うん、おいらもそう思うよ。それにしても、身代わりになったのはいったい誰なのかね」

「旦那、もうわかっているんじゃありませんかい」

「そんなことをいうくらいだから、珠吉も同じなんだね」

「ええ、もはや思案の必要がないほど、一つの答えが脳裏に彫りこまれてしまっていますよ」

富士太郎は腹に力をこめてから、口をひらいた。

「あまり考えたくないし、うつつのことであってはほしくないんだけど、大工の秀五郎さんじゃないかっておいらも思っているよ」

「やっぱりさいですかい」

珠吉もやはり同じ意見だったが、富士太郎はまったくうれしくなかった。唇を嚙む。ぎゅっと強く嚙んだが、さして痛くなかった。秀五郎の家人たちの泣き叫ぶ姿が、脳裏に貼りついてしまっているせいだ。

「ふっつりと姿を消してしまった秀五郎さんを旦那が捜すときいたとき、まさかこんなふうになるとは思いもしませんでしたね」

「まったくだね」

まさか源助殺しを調べてゆく過程で、こんな結びつきを見せることになろうとは、思いも寄らなかった。

ということは、といって珠吉が唇に湿りをくれた。

「鍵吉と秀五郎さんのあいだには、なにかつながりがあったってことになりますかね」

日光のはね返りを浴びた珠吉が、目を細めてきいてきた。

「うん、そういうことだろうね」

富士太郎は同意を示した。

「秀五郎さんと鍵吉。二人にはどんなつながりがあるか、調べなきゃいけないね」

「そのことが明らかになれば、鍵吉の居どころにつながる手がかりを得ることができるかもしれませんね」

「そうなるといいけど、どちらかというと望み薄かもしれないね」

少し考えたが、珠吉がすぐに合点した顔になった。

「ああ、そうかもしれないですね。鍵吉という男は、そんな手抜かりをしでかしそうな男にはとても思えないですものね」

そういうことだよ、と富士太郎はいった。

「だったら旦那、どうしますかい。秀五郎さんの周辺をあらためて探って鍵吉とのつながりを見つけだすのは、次に譲って他のことを探索しますかい」

「他のことか……」

富士太郎は、大門のすぐそばを走る堀端の道へと目をやった。今日も朝から大勢の人が行きかっている。

広大な千代田城内といってよい場所だけに、やはり目立つのは侍の姿であるが、それにまじって町人も少なくない。荷を背負った行商人や商談、納品に出かけるらしい商人たちも足早に歩いている。

「一つは、また才蔵さんに話をききに行くことだね。それともう一つは、鍵吉が金吉として暮らしていた町で、じっくりとききこんでみることだろうね」

「ああ、そいつはいいかもしれませんね。あっしは金吉のいた町に行くのに賛成ですよ」

「そうかい、珠吉は賛成してくれるかい」

「ええ、あくまでもあっしの勘ですけど、なにか鍵吉の手がかりを得られるんじゃないかって、気がするんですよ。旦那はそんな勘が働きませんかい」

「うん、もちろん働くよ。珠吉のいう通り、きっと手がかりが得られるにちがいないよ」

大門の下を出て、富士太郎と珠吉はさっそく金吉がいた町に向かった。晩秋とは思えない強い陽射しに焼かれながら、半刻もかからずに目当ての町に着いた。

金吉の暮らしていた町というのは、小石川片町《こいしかわかたまち》である。ちょうど富士太郎の縄張内だ。通常の見廻りでも、よく足を運ぶ町である。町の東側が備後福山の領主阿部家の江戸屋敷と接しているが、町のまわりは多くの武家屋敷が密集し、そのほとんどが小禄の旗本や御家人のものだ。

富士太郎と珠吉は自身番の者にきいて、西村京之助が営んでいた道場跡にやってきた。案の定というか、なにもなかった。更地になっている。それは、金吉の家があったところも同じだった。

西村京之助の道場跡には、これからなにか建物が建つ予定があるのか、四辺に杭《くい》が打たれ、それらを結ぶように縄が張られて、立ち入りがしにくいようになっていた。

富士太郎と珠吉は、さっそく金吉のことをききこんだ。金吉と鍵吉は同じ人物であるのはまちがいないから、富士太郎は鍵吉の人相書を、片っ端から出会う者に見せていった。

金吉と親しくしていた者はほとんどいなかった。最も繁くつき合いをしていたのは、西村京之助だった。二人はよく近所の煮売り酒屋の高崎《たかさき》という店で飲んでいたらしい。

京之助は酒を口にせず、始終茶を飲み、肴《さかな》をつまんでいたという。金吉のほうは酒をうわばみのように胃《い》の腑《ふ》に注ぎこんでいたとのことだ。

金吉と親しい者は、ほかにいなかった。ときおりよそから訪ねてくる者は一人二人いたが、近所で親しくつき合っていた者は一人もいなかった。

「金吉はきらわれていたのかい」

富士太郎は町内に住む女房の一人にきいた。

「ええ、そういってよかったんじゃありませんかねえ。あの人、人当たりはとてもいいんだけど、瞳の奥が暗くって、なにを考えているかわからないところがあったから、気味悪がってみな敬遠していましたよ」

「へえ、そうなのかい」

女房がなにか思いだしたようで、ああ、といった。富士太郎に真剣な目を当てる。

「薄気味悪いといえば、あたし、見ちゃったんですよ」

「なにをだい」

「あれはいつだったか、ああ、金吉さんが火事をだす何日か前だったと思うんですよ。西村先生が相州の小田原に剣術修行に向かわれてしばらくたったときでしたね」

富士太郎と珠吉は黙って女房の話の続きを待った。

「あたしがお酒を切らしちまって、うちの馬鹿亭主がさっさと出せってうるさいから、しょうがなく買いに出たんです。近所の酒屋はとっくに閉まっているから、煮売り酒屋の高崎さんに行ったんです。あそこはちょっと高いけど、小売りもしてくれるもんですからね」

女房が両肩を揺すって背筋を伸ばす。

「ちょうど高崎の暖簾を払って、出てきた男がいたんです。赤提灯に横顔が照らしだされて、それが金吉さんだってわかったから、あたし、足をとめたんです。金吉さんが早く向こうに行ってくれないかなって思ったんですよ。金吉さんはあたしの心を読んだかのように店先で煙草をつけ、しばらくそこでじっとしていました。何度か白い煙が口から吐きだされたあと、ようやく煙管を懐にしまいこんで歩きだそうとしたんです。でも、なにかを思いだしたのか、不意に立ちどまると、にやっと笑ったんです」

「うん、それで」

「それを見て、あたしは凍りつきました。それほど、そのときの金吉さん、不気味だったんです。地獄から地上へとやってきた者が、人の肉の味を思いだしほくそえんだ、そんな感じでした」

「ふむ、そいつは怖かっただろうねえ」

「ええ、しばらく震えがとまりませんでした。我に返ってあたしは家に逃げ帰りましたよ。おかげで、亭主に酒はどうしたって怒鳴られましたけどね」

「それは災難だったね」

「亭主にわけを話すと、それは怖かっただろうとやさしく背中をなでてくれました」

「そいつはよかったね」

富士太郎が微笑していうと、女房がうれしそうににっこりとした。

「もう一つききたいことがあるんだけど、いいかい」

「はい、なんでもおききになってください」

「金吉は近所の者から、きらわれていたんだね。ところが、西村京之助さんだけは親しくつき合っていた。皆の話からすると、西村さんは町内の人たちに慕われていたようだけど、そんな人がどうして金吉のような男と親しかったのかな」

「先生は金吉さんに恩があったからですよ」

女房があっさりという。富士太郎は興味を惹かれた。珠吉も同様のようだ。

「恩というと」

「先生には佳江《よしえ》ちゃんという一人娘がいたんです」

それは富士太郎たちも知っている。京之助には妻と子がいた。佳江を生んだ女房は照江《てるえ》といい、病弱だったが、いつも笑顔を絶やさず、ときに弱気になりかける京之助を励まし続けたときいている。

その二人を火事で一気に失ったのだ。しかも、自分が留守にしているときに。

江戸に戻ってきたときの京之助の落胆は、いかばかりだっただろう。逆うらみでしかないとはいえ、山形屋を殺そうと考えても不思議はないような気がする。

京之助自身、山形屋には罪がないことを解していたにちがいない。

「佳江ちゃんがどうかしたのかい」

「ええ、秋がじきにやってくるという頃の一日でしたけど、突然、姿が見えなくなってしまったんです。先生は道場で門人に稽古をつけている最中で、照江さんは台所で夕餉の支度をはじめようとしていました。さっきまでそこにいたはずの佳江ちゃんがいなくなっていることに照江さんが気づき、びっくりして捜しはじめたんです」

「うん、それで」

富士太郎は先をうながした。珠吉も、いかにも実直そうな目で女房を見ている。

「大騒ぎになり、門人たちも稽古を中断して、捜しました。あたしも捜しましたよ。でも、なかなか見つかりませんでした。誰にも疲れの色が出はじめたそんななか、ぐったりとしている佳江ちゃんを抱いて金吉さんがあらわれたんです。金吉さんも佳江ちゃんもぐっしょりと濡れていました」

「それは、川にでもはまっていたということかい」

「はい、そうです。この町の北側に堀のような川が流れているんですけど、佳江ちゃん、それにはまったらしいんです。佳江ちゃん、剣術の稽古にも熱心でしたけど、よくその川縁《かわべり》に行っては飽かずに水面を見つめていたものです。ときに笹舟をいくつもつくっては、流していましたね。危ないから気をつけるんだよ、とあたしは何度も声をかけたものですよ」

いつも遊んでいるところとは少し離れた場所で、水面にうつぶせになっていたそうだ。

「佳江ちゃんは大丈夫だったんだね」

「ええ、平気でした。あとで事情をきいたら、照江さんが夕餉の支度をはじめてつまらなくなったから、いつものように川に行って笹舟を流して遊んでいたら、どうしたわけか勢いがついて、足を滑らせて川に落ちてしまったそうです。水で濡れた着物が体に絡みついて、もがけばもがくほどずぶずぶとはまってゆく感じだったそうですよ。気がついたら、先生や照江さんの顔が見えて、ここはあの世じゃないの、とつぶやいたそうです」

「金吉が佳江ちゃんを救った。そのために西村さんは金吉を信用していたのか」

「ええ、そうです。金吉さんを悪くいう人がいるが、わしはそうは思わぬ。悪い人が命を懸けて佳江を救ってくれるはずがない。よくこうおっしゃっていましたねえ」

だがその後、道場は火事になり、照江と佳江ははかなくなってしまったのだ。

しかもそれは偶然ではない。金吉は京之助の留守を狙って照江と佳江を殺し、自分の家に火を放ったにちがいあるまい。はなから身代わりの死骸を用意していたというのは、そういうことではないか。照江と佳江を焼死に見せかけたのは、西村京之助を山形屋殺しに向かわせるために、金吉、つまり鍵吉が打った手ではないのか。

溺れた佳江を川から救ったというのも、実は金吉が京之助を信用させる手だったということも考えられないではない。いや、きっとそうだったはずだ。金吉はあざとい手段で京之助と近づきになったのだ。

その後も富士太郎と珠吉は小石川片町できききこみを行った。小石川新町や中富《なかとみ》坂町《さかまち》、上富坂町《かみとみさかまち》まで足を伸ばして、いろいろな者に話をきいた。

だが、これといって鍵吉につながる手がかりを手中にすることはできなかった。

「すみません、旦那」

暮れゆく空を力ない目で眺めて珠吉がいう。

「あっしの勘なんて、たいしたこと、ありませんねえ」

「気にすることはないよ。今日は駄目だったけれど、収穫もあったじゃないか。

鍵吉はやっぱり非道な男だっていうのがわかっただけでも前に進んだよ。珠吉、探索はこれからじゃないか。愚痴をいってる暇はないよ」

珠吉がほれぼれと富士太郎を見あげる。

「旦那、変わりましたねえ」

「えっ、そうかい。おいらは全然変わった気がしないけどね」

「本人はそういうものでしょうけど、まわりから見たらやっぱりちがいますよ。いうことが昔とは別人といっていいですものね。このところ急に、顔も引き締まってたくましくなってきたし」

珠吉が感嘆して首を何度か振る。

「これはやっぱり智代さんのおかげともいえるんでしょうねえ」

「ああ、それはいえるだろうね」

富士太郎は照れもせずあっさりと認めた。

「おいらがもしたくましくなったとしたら、智ちゃんがそばにいてくれるからだよ」

富士太郎と珠吉は小石川片町にいったん戻り、西村道場の跡地をもう一度見てから、町奉行所に向かって歩きはじめた。

三

いいにおいがしている。

早く夕餉にならないものか。

皆代はそわそわしている。すぐにでも腰を浮かせたくなる。できましたよ、と呼びに来てくれないものか。

建吉という料理人が一色屋にやってきてから、毎日の食事が明らかに変わった。

毎日毎日、工夫して供《きょう》してくれる。すばらしい腕を持っており、これまで一度たりとも同じ料理が出たことがない。

どこで包丁の腕を磨いたのか、一度きいたことがある。

さまざまなところですよ、と建吉は答えたものだ。いろいろな場所で苦しい思いをして腕に磨きをかけてきたんでさあ。

その言葉をきく限り、建吉はいじめにも遭っているのだろう。庖丁人に限らず、職人の世界では、いじめはよくあるときく。よくないことだと思うが、そんなかでめげない者が頭角をあらわしてゆくのだろう。

自分にも、あんな料理の腕があったら楽しいだろうと思う。しかし、それは無理なこともわかっている。自分には努力しようとする才がない。稽古事も、あまり長続きしたことがない。唯一長く続いているのは茶道だが、これは心弾むものがあって、師匠の家にいるときは楽しくて仕方ない。

楽しいのには、理由があった。師匠の家で安三郎《やすさぶろう》と出会ったのだ。あれは運命の出会いだったのだろうと思う。だから神さまは茶道だけは長続きさせてくれたにちがいない。そうでなければ、茶道を習いに安三郎が師匠の門をくぐったとき、とっくに自分はいなかったにちがいない。

紀美代《きみよ》という女師匠のところに通う門人は二十人ばかり。紀美代師匠の教授の際、いつも全員がそろうわけではないが、そのなかで男は五人程度しかいなかった。

他の茶道を教える家では、師匠が若くて美人の場合、男の門人が多くを占めることになるが、紀美代師匠はもう五十をすぎており、昔たっぷりだったはずの色香は、今はもうわずかに感じられる程度だった。自然、男はさほど集まらず、男の門人は商家のあるじや隠居ばかりだった。

そんななか、安三郎は所作がいかにも上品で、その仕草には気品すら感じられた。これまで皆代が見てきた男のなかで、最も光り輝いていた。歳はまだ二十半ば、色白で役者のように鼻が高かった。しかも独り身とのことだったから、門人の多くを占める、いいところのお嬢さまたちが、色めき立つのも無理はなかった。

安三郎は、入ってきた当初からすでに基本が身についていた。以前、筋のよい師匠についたことがあるにちがいなかったが、それを鼻にかけるような真似はせず、皆と同じように真摯《しんし》に茶道を極めようとする熱意と姿勢に満ちていた。

一緒に通っている娘たちの目は、いつも安三郎を見つめていた。もちろん皆代もその一人だった。他の男には厳しい師匠も、安三郎にだけは、やんわりとやさしい声をかけるのが常だった。

師匠の家に行き、今日は安三郎が来るかどうか、いつもどきどきした。たまに姿を見せないことがあり、そのときは落胆が大きかった。茶道の教えを受けている時間がとても長く感じられた。

皆代は安三郎を目の当たりにしていられるだけで、幸せだった。これまで一度くらいしか目が合ったことがなく、安三郎はほかの娘たちにことのほかやさしくしていた。自分など眼中にないのだと思うようにしていたし、実際、その通りだと感じていた。

だから、安三郎会いたさが募って師匠の家に早く着いた稽古の日、外で待ち受けていた様子の安三郎にいきなり、今度一緒に食事にでも行きませんか、といわれたときは、息がとまらんばかりに仰天した。ほかの娘とまちがえているのではないか、と疑いすら抱いたものである。

しかし、安三郎は、皆代さんのことはずっと気にかけていました、とはっきりと告げた。あまりにきれいで、顔を向けることができなかったともいった。

皆代は天にものぼるというのが、こういう気持ちであるのを知った。

それから、安三郎とのつき合いがはじまったのである。

知り合って早くも二月《ふたつき》がすぎた。安三郎のことは家人の誰にも話していない。知っているのは、いつも供につくおげんだけだ。おげんは以前は姉についていた女中で、智代が南町奉行所の定廻り同心樺山富士太郎の屋敷に奉公にあがってから、皆代の世話をすることになった。

もしかしたら、おげんは姉が実家に戻ってきたとき、安三郎のことを話しているかもしれない。姉が知っているのなら、むしろ安心だった。二歳上の智代は、いつも私のことだけを考えて動いてくれる。今度姉に会うときは、すべてを打ち明けようと思っている。一緒になりたいと、いわれたことも伝えなければならない。

皆代は安三郎に、はい、と迷うことなく即答している。運命の人なのだ、そう返事するのは当たり前のことだろう。

安三郎からは、このところしきりに情をかわしたいというのを、暗に求められている。運命の人なのだから、肌を許してもかまわないのだが、なにかが自分を引きとめている。友垣にはとうに経験した者が何人もいるし、なかには男の人をとっかえひっかえしている者もいる。どうせいつかは婿を迎えなければならないのだから、今のうちに思い切り遊んでおくのよ、とうそぶく者もいる。

江戸の娘たちの遊び放題に遊ぶ姿に眉をひそめる大人は少なくないのだが、娘たちは一向に気にするそぶりはない。

皆代もほかの娘と同じことをしてもいいと思っているし、早く安三郎に抱かれたいという気持ちもあるのだが、一緒になる前にそういう間柄になることに対し、どうにも違和感がある。やはり祝言を挙げたその夜、花嫁として初めて抱かれたいではないか。

それが皆代にとっていちばんの希望である。花嫁衣装が純白なのは、清らかさ、けがれのなさをあらわしているからというではないか。

肌を許さない理由の一つに、安三郎の生業がなんなのか、はっきりしないことがあげられるかもしれない。安三郎は錺《かざり》職人をしているといっており、自分がつくったという精緻で美しい簪《かんざし》を贈ってくれもしたが、なんとなく皆代は納得がいかない。

職人にしては手がきれいすぎる。傷一つない、育ちのよい女のような手をしているのである。これまで皆代は職人にはほとんど会ったことがないとはいえ、さすがにちがうのではないか、という気がするのだ。

職人でなければなんなのか。茶道の教えを受けているときに見せる、あの流れるように美しい所作はなんなのか。どこで身につけたのか。

謎が多い男なのだ。それが皆代を惹きつけてやまない。男にはわからないところがあったほうがよい。ぞくぞくする。昨日会ったばかりなのに、また安三郎の顔を見たくてならなくなっている。次はいつ会えるだろうか。

廊下を渡る音に、皆代はうつつに引き戻された。きっと夕餉ができたのだろう。おげんがいつものように知らせに来たのだ。

皆代は裾を払って立ちあがり、いつでも部屋を出られる姿勢を取った。

今日も夕餉はすばらしかった。

主菜は鯖《さば》の味噌煮だったが、いったい建吉がどんな技を使ったのか、こんなにおいしい鯖の味噌煮を食したのは、初めてだった。上質の脂がのった身は驚くほどやわらかく、味つけの味噌は甘すぎずからすぎず、口のなかに入れると鯖の身がほろほろと味噌と一緒にほどけ、知らないうちに口中で溶けてゆく。今日もびっくりするほどご飯がおいしかった。炊き方がいいのだ。このところいつも食べすぎてしまうが、今日はまた格別に箸が進んだ。鯖の味噌煮は皆代の大の好物なのだ。

一緒に食べている父の順左衛門や母の幾代《いくよ》も満足そうだ。満面に笑みを浮かべている。ほんといい人に来てもらったわねえ、まったくだと二人して笑い合っている。

皆代もすっかり満足して夕餉を終えた。沓脱《くつぬ》ぎの上のつっかけを履いて庭に出て、厠に赴く。風が思った以上に冷たく、冬近しを思わせる。すっかり暗くなった空一面に星が瞬いていて、広い庭には灯籠《とうろう》がいくつかしつらえてあり、灯が入れられている。そのせいであたりはほんのりと明るく、足元が覚束《おぼつか》なくなるようなことはない。

皆代は用を足し、再び庭に出た。こちらにまっすぐに近づいてくる人影に気づいて、ぎくりとした。男の人だ。

しかし、この厠は一色屋の家人専用だから、男といえば順左衛門しかいない。灯籠の灯に淡く照らされている影は順左衛門のものではない。

そこに皆代がいることに気づいて、あっ、と男が声を発した。歩みがとまる。

失礼しました、と男が頭を下げる。膏薬でも塗られているらしい小さな四角い切れが、左の頬に貼ってあるのが、夜に浮かんで見える。初めて会ったときから、この男はこの切れを頬に貼りつけていた。しかし、膏薬らしいものににおいはしない。においが料理につかないように気を使っているのかもしれない。

「あなたは」

「ええ、建吉にございます。お嬢さんにお目にかかるのは、三度目にございますね」

一度目は順左衛門が建吉を紹介し、今宵から食事をつくってもらうと幾代と皆代に告げたときだ。二度目は、台所近くを通りかかったとき建吉がいて、立ち話をした。そのとき建吉の苦労話をきいたのだ。そして、今回が三度目である。

建吉がうちに来てもう五日がすぎて、ようやく三度目である。奉公人と家人とは暮らす場所が区切られているから、それも当然のことだろう。

「すみません、こちらが旦那さま方の厠であるのは重々承知しているのですが、今あちらの厠はひどく混んでおりまして」

五十人からの奉公人がいる店である。皆代たちより、奉公人のほうが夕食をとるのは遅い。ちょうど仕事を終えて、これから夕食をとろうという頃で、奉公人たちの厠はごったがえしているのではあるまいか。

「ああ、もちろん遠慮なく使ってもらってかまいません」

皆代は笑顔でいった。

「ありがとうございます」

建吉が一礼して皆代の横を通りすぎる。

「お嬢さん、今日の夕餉はいかがでしたか」

厠の扉をあけようとした建吉が唐突にきいてきた。

「すばらしかった」

「まことですかい」

「ええ、本当ですよ。あんな鯖の味噌煮は初めてでした。名のある料亭でもあんなにおいしいものは食べたことがありません」

「さようですか。いい鯖が手に入ったんで、あっしも気合を入れてつくったんですが、そいつはよかった」

「どんな秘術を使えば、あんなにおいしい鯖の味噌煮ができるんですか」

建吉がにこりとする。笑顔にはどこか安三郎に通ずるものがあり、皆代はどきりとした。知らず胸を押さえる。

「秘術なんてありませんよ。真心をこめてつくる。うまいものをつくるには、それしかありませんや」

どこかできいたような言葉だ。姉の智代の口癖に似ている。

「あとはもちろん技が必要ですがね、これは一朝一夕《いっちょういっせき》に身につくようなことではありませんね。それと、料理の火加減や材料の目利き、包丁の入れ方、力の入れ具合など、機微《きび》を感じ取る力が備わっていないと、どうしようもありませんね。こればかりは、教えてもらって身につくようなものではありませんから」

「そうですよね」

皆代は当たり障《さわ》りのない相づちを打った。

「ところでお嬢さん、好きな人がいらっしゃるのではありませんか」

どうして知っているの、と皆代は驚いた。しかし言葉にだしはしなかった。

「驚かれたようですね」

建吉がにやりとする。少し悪相に見え、皆代は半歩ほど下がりかけた。

「食材を買いに町に出たとき、一度、楽しそうなお二人を見かけたことがあるんですよ。あの男の人はどなたですかい。ずいぶん遊び慣れたふうに見えますが」

なんと答えてよいのか、皆代にはわからなかった。

「失礼いたしやす」

厠の扉があき、次いで閉まった音が背後でした。それで皆代は我に返った。建吉に安三郎のことを知られていることで、なぜこんなに動転してしまったのか。どきどきする胸を再び押さえて、皆代は厠を振り返った。なかからは、のんびりとした鼻歌がきこえてきた。

四

まだ夜が明けず、おびただしい星が空一面にちりばめられている朝の七つに沼里を発って、三島宿に着いたのが七つ半すぎだった。東海道に面している三島大社の参道入口に立つ鳥居前で境内に向かって手を合わせ、直之進とおきくは道を急いだ。

結局、沼里には三泊した。本当は二泊の予定だったが、又太郎と会ってしまえば、いろいろとやらなければならないことがあった。まず城内の剣術道場で、又太郎と立ち合った。又太郎の剣術に対する熱意は認めなければならないものの、相変わらず腕はあがっていなかった。又太郎にはばかって口にすることはできなかったが、やはり筋がよくないのだ。もっとも、そのことは又太郎自身、熟知している様子ではあった。

三度立ち合い、三度とも直之進の圧勝だった。直之進としては又太郎の顔を立てて、一度くらいは負けてやってもよかったのだが、又太郎がそれを許さなかった。

もし力を抜くようなことがあれば、直之進を必ず沼里に戻すといったのだ。沼里に戻り、余に仕《つか》えい。

又太郎に仕えることはやぶさかではないが、江戸の自由な空気を存分に吸った身には、また家中のしかつめらしい空気に身を浸すのにかなりの抵抗があった。

それで三度とも直之進は又太郎を叩きのめすことになったのだが、又太郎を竹刀《しない》で打ち据えるたびに沼里に戻るのはいやだという強い意志を伝えているようで、気が重くてならなかった。

又太郎に仕えること自体は全然いやでないのだ。だが、城づとめには、もはや溶けこめないのはわかっている。試合が終わったあと、そのことを正直に直之進は又太郎に伝えた。又太郎は、わかっておる、案ずるな、と笑顔でいってくれた。

その後、直之進は又太郎に誘われて城外へ野駆けに出た。直之進は馬に乗るのが久しぶりだったことに加え、前におきくを乗せての騎乗だったが、案外うまく手綱《たづな》を操ることができた。

さわやかな秋風に吹かれての野駆けは、とても気持ちよく、体のなかの悪いものが外に出てゆくような気がしたものだ。ただし、おきくが発する香りが鼻孔をくすぐり、頭がくらくらしたのも事実だ。馬を御せず、おきくを落馬させることだけは避けなければならなかった。

又太郎はいつもは小姓たちと一緒に野駆けをしているようだが、今日の供は直之進とおきくのみだった。小姓たちはともに行かせてくれるように又太郎に言上したが、又太郎は笑みを浮かべつつも、それを許さなかった。

そなたらには申しわけないが、湯瀬直之進以上に頼りになる警護の者はおらぬ、といったのである。それをきいて、小姓たちもしぶしぶ引き下がるしかなかった。

沼里領の西にある浮島沼《うきしまぬま》のそばまでやってきて、馬をとめたとき、直之進は又太郎にあらためて話をきいた。又太郎は野駆けが特に好きでよくしているとのことだ。さすがに毎日というわけにはいかないが、最低でも十日に一度はしているそうである。

野駆けをせずに城内にいると、体が腐ってゆくような心持ちがしてならないという。やはり城内は陰気だからのう、気持ちも滅入る。直之進が家中の空気をきらうのも無理はないわと笑ったものだ。

その夜も前日と同様に城内に泊まりとなり、広々とした風呂に浸からせてもらったあと、再び又太郎との酒宴になった。前夜ほど飲まずに酒宴はおひらきになり、直之進とおきくは与えられた部屋にそれぞれ引きあげた。寝についたのが五つ半くらいだった。

朝の七つに沼里を発つことはあらかじめ又太郎に伝えてあり、直之進は深夜の八つ半に起きだして旅支度を終えていたが、部屋まで起こしにやってきたのが又太郎本人だったことに心から驚かされた。

直之進がすでに起きていることを知ると、なんだ、まったくおもしろみのないやつよ、と落胆してみせたものだ。せっかく直之進のおでこを針で突いてやろうと思っていたのに、と幼子のようなことをいった。実際に針は持っていなかったが、直之進と別れるのが寂しくてならない又太郎の気持ちがよく知れた。

又太郎は家臣に馬を引かせ、暗いなか提灯を灯して、東海道を沼里領の東の端まで送ってくれた。『従是西　沼里領』と刻まれた石柱が立つ場所で、ようやく足をとめたのである。

「直之進、名残惜しいが、ここで別れだ」

「またまいります」

万感の思いをこめて直之進はいい、深々と頭を下げた。

「うむ、直之進、待っておる。しかし、余が参勤交代で江戸に行くほうが早いかもしれぬな。出府は来年の四月だが、まだ十分なときがあると油断していると、すぐに迫ってくるゆえ」

語尾がかすかにかすれた。見ると、又太郎は目に涙を浮かべていた。

それを見て、直之進は胸を打たれた。槍で体を貫かれたような衝撃があった。このお方のためなら死んでもよい、との思いを新たにした。知らず自分も涙を流していた。

すでに早立ちの旅人が多く行きかっている。足取りはいずれも軽い。駕籠も動きはじめている。馬子《まご》や近在の百姓たちも働きだしていた。又太郎のそばに立派な侍が大勢いるのが、旅人たちの目をことのほか引いている。

「おきく、直之進はよい男だ。しっかりと仕えてくれい」

「はい、ありがたいお言葉にござ……」

それ以上、おきくは先を続けられなかった。嗚咽《おえつ》している。

「おきくはすばらしい女性よ。直之進、大事にせい。いくら二人の仲がよくとも、ともに暮らしていれば、たまには喧嘩することもあろう。そういうときは必ず男が折れるようにせよ。そのほうが角《かど》が立たぬ。直之進、わかったか」

「はい、承知いたしました」

「よい返事だ。おきく、もし直之進が意に沿わぬことをしたら、たとえば妾を持つようなことをしたら、必ず余にいってこい。きつく叱りつけてやるゆえ」

「はっ、はい、よろしくお願いいたします」

おきくは泣き笑いの顔で答えた。

「直之進、忘れるな」

最後に又太郎はいったものだ。

「なんのことでございましょう」

「直之進、もう忘れたか。おとといの晩のことだ。余に考えがあるといったであろう」

「はい、確かにおききしました。殿は楽しみにしておけ、と仰せになりました」

「うむ、その通りだ。直之進、楽しみにしておけ」

「はっ」

直之進は打たれたようにこうべを垂れた。

「直之進、行くがよい。いつまでも別れを惜しんでいたら、早起きした意味がなくなる」

その又太郎の言葉に押されるように、直之進とおきくは東海道を東に向かって歩きだしたのである。又太郎は石柱のかたわらに立ち、長いこと見送ってくれた。家臣が持つ提灯がいつまでもその場を動かなかったのが、その証だった。

「本当によいお殿さまにございますね」

三島をすぎ、東海道が徐々にのぼりにかかっていた。まだ夜明けまでは少し間がある。前方に屏風のようにそそり立っているはずの箱根の山容は、うっすらとも見えない。うしろを振り返ってみたが、もちろん又太郎の姿など認められるはずもなかった。代わりに、頭上の星の群れに白々と照らされて、雪をかぶった富士山がぼんやりと眺められた。

「ああ、すばらしいお方だ」

直之進は、斜めうしろを歩くおきくに目を当てた。

「俺はあのお方に仕えることができて、本当によかったと思う」

「直之進さんは幸せ者でございますね」

「まったくだ」

直之進は頭を上下させた。

「又太郎さまだけでなく、おきくちゃんという最高の女性を生涯の伴侶《はんりょ》にすることができた。俺はいま最高の人生を歩んでいると思う。これは決して大袈裟な物いいではないぞ」

「私も直之進さんと同じです。すばらしい人生を歩みはじめているという実感がありますもの」

「おきくちゃん、必ず幸せになろう」

「はい」

おきくは力強く答えてくれた。

道は、箱根の石畳に入った。ながいだらだらの坂が続く。その頃になってようやく箱根の山々の上のほうが白んできた。つまり今が明け六つということだ。

「おきくちゃん、大丈夫か。疲れはないか」

「はい、大丈夫です。歩きはじめたばかりですから」

その言葉通り、おきくの足取りは軽々としている。むしろ、直之進のほうが上り坂がこたえているかもしれない。

女にとってかなりきつい旅程だったはずだが、おきくは持ち前の気持ちの強さでものの見事に乗り切った。

途中、箱根の下り坂にかかったとき、直之進は鉄砲で襲われ、肩を撃たれたものの川に飛びこみ、なんとか危地を逃れたことを思いだした。いま考えてみれば、あれはきわどかった。鉄砲は、ほんの五間ほどの距離から何発も放たれたのだ。

あれで肩に一発、しかもかすった程度だったというのは、奇跡といってもよいだろう。

今夜の宿にと決めている小田原宿にやってきた直之進とおきくは、まだ建って間もなさそうな旅籠に部屋を取った。他のお客さまとの相部屋には決していたしませんから、という言葉にも惹かれるものがあった。

夕餉の前に直之進は旅籠の者に、城下に明新鋭智流の道場がないかたずねた。そういう流派の道場はきいたことがないということだった。

隣の旅籠の次男が剣術道場に通っているとのことで、直之進は話をきくことができた。次男はまだ十五、六ほどに見えた。その次男によると、闇討ちの剣について詳しいのは、華岡《はなおか》道場ではないか、ということだ。もともとが柳生新陰流の流れらしく、闇討ちの剣についてもかなりいろいろな種類があるらしいですよと、次男は語ってくれた。

直之進はおきくと一緒に旅籠を出た。おきくを旅籠に一人で置いておくのは、忍びなかった。

華岡道場は次男が教えてくれた通りの場所にあった。東海道からさほど外れておらず、わかりやすかった。

もう稽古は終わっているかと思ったが、道場内には大ろうそくがいくつも灯され、煌々と光を放っていた。二十人ほどの門人が防具を着けて、竹刀で打ち合っている。なかなか活気のある道場だ。

直之進は入口に立ち、訪《おとな》いを入れた。すぐに応《いら》えがあり、若い門人がやってきた。直之進はまずは名乗り、江戸から来たことを告げたのち、西村京之助という人物をご存じか、と門人にきいた。はい、存じております、と門人がはきはきと答えた。

「ついこのあいだもいらして、それがしどもと数日間、稽古をなされました」

――西村さまがなにか」

いいにくかったが、ここはいうしかなかった。直之進は腹に力を入れた。

「亡くなりました」

「なんですと」

門人の顔がゆがみ、信じられぬ、とつぶやいた。

「師範にお知らせしてまいります」

足早に去っていった。

その後、直之進とおきくは師範の部屋に呼ばれた。師範はもう八十近い年寄りで、明新鋭智流を創始した明智《あけち》三五郎《さんごろう》と同じ道場で競い合った仲だといった。三五郎が死んだのちは、西村京之助と交流を続けていたとのことだ。自分が江戸に赴くこともあったそうだが、ここ最近は京之助が来てくれていたそうだ。これは師範の老齢を慮《おもんぱか》ったのだろう。

京之助がこの華岡道場に来ていたのは、技を磨くためだった。老いたとはいえ、師範の技は健在で、京之助はその技を会得するために小田原まで足を運んでいたのだ。

「そうか、西村京之助が死んだか」

師範が無念そうにうなだれる。

「いい剣客だったが」

直之進がじかに刃をかわしたのはただの一度だけだったが、西村京之助の技の切れは、十分すぎるほど味わわせてもらった。あと一瞬遅れたら、山形屋康之助の命はなかっただろう。

だが、そのことは口にしなかった。妻子を火事で失い、その後、自裁することになったとだけ伝えた。

「自裁か、まだ若いのにもったいない」

師範がしわ深い目尻に涙をたたえた。

「佳江ちゃんも照江どのも、はかなくなってしまったか。人間というのは、実にもろいものじゃな」

しばらく師範は黙りこんでいた。

「西村道場はどうなるのであろうな」

ぽつりといった。

確かに、と直之進は思った。あの道場を続ける者はもはやいない。門人に西村京之助の技を継ぐだけの腕を持つ者はいないのではないか。

明新鋭智流は、このまま途絶えてしまうのだろうか。それはあまりにもったいないことだ。だからといって、自分にどうこうできる問題ではない。

直之進は正座した膝をぎゅっとつかみ、ただ唇を嚙むしかなかった。

第三章

一

鍵吉と秀五郎のあいだには、なんらかのつながりがあった。

どんなつながり、結びつきがあったのかは不明だが、それはこれからの探索で明らかになってゆくだろう。

とにかく、と富士太郎は歩を進めつつ思った。なんらかの理由があって秀五郎は鍵吉にかどわかされ、殺された。そして黒焦げの死骸として金吉、つまり鍵吉の家で見つかり、身代わりとされた。

今もこの江戸のどこかで生きているはずの鍵吉は、どうして秀五郎を身代わりに選んだのか。

富士太郎は曇り空を見あげて、考えた。今日は朝から厚い雲が江戸の上空を覆っている。陽射しがないせいで、風はひどく冷たく、一気に冬がやってきたかのようだ。昨日までかしましく樹間を飛びかっていた鳥たちは元気をなくし、枝にとどまってひたすら寒さに耐える風情である。道を行きかう人たちも背中を丸め、襟元をかき合わせて、風に追われるように急ぎ足で歩いている。そんななかでも馬子や駕籠かきたちは、半裸に近い格好で仕事に励んでいる。見ているこちらが震えそうだが、あの者たちはいったいどれだけ頑強なのか。

富士太郎は軽く首を振って思案に戻った。

秀五郎が選ばれたのは、鍵吉と背格好が似ていたからか。歳は七つ離れているが、背丈は両者ともに五尺三寸ほどで、中背《ちゅうぜい》といってよい。肉づきもほどほどで、太ってもおらず、やせてもおらずといったところだ。

しかし、と富士太郎はひときわ強く吹きつけてきた風を、顔を下げることでやりすごして思う。同じような特徴を備えた者は、この江戸にはそれこそ腐るほどいるだろう。そのなかで鍵吉は秀五郎を選んだ。知り合いだったからこそ、鍵吉は秀五郎を人けのない場所に誘いやすかったのか。そこで隙を見て気絶させ、自分の家に連れていったのか。

もしそういうことが行われたのなら、秀五郎は小石川富坂新町にある料亭の今橋から駒込元町《こまごめもとまち》の自宅に戻る途中、鍵吉の毒牙にかかり、かどわかされたことになる。

鍵吉はそのあたりに土地鑑があるのか。おそらくあるのだろう。

秀五郎を選んだというのなら、鍵吉が腕利きの大工の棟梁をかどわかしたのは、その場でばったり会ったからというような思いつきなどではなく、はなから秀五郎に狙いを定めていたことにならないか。

おそらく、と富士太郎は考えた。かどわかされた晩、鍵吉は、秀五郎が一人で今橋に行くことを知っていたのだろう。でないと、いくら秀五郎が酔っていたとしても、かどわかしなど決行できるはずがない。

材木問屋の樽山屋の接待を受けた秀五郎が今橋をあとにしたとき、へべれけでなかったのは確かだが、それでも酔いがあったというのは、かどわかしのためには好都合であっただろう。鍵吉は、酒の入った秀五郎ならかどわかすのはたやすいと踏んで、襲いかかったにちがいあるまい。

今橋では駕籠を断って、秀五郎は徒歩で自宅へ向かった。秀五郎の女房のおいさに話をきいたとき、遠い場所ならともかく近場ならいつも歩いて帰ってきていました、といっていた。一月半ほど前の晩、秀五郎が今橋から四半刻の距離ならば、いつもと同じように徒歩で帰ると鍵吉は確信していたのだ。

秀五郎が姿を消した翌々日、西村道場を巻きこむ火事が起きている。かどわかしてすぐに秀五郎を殺したのか、しばらく生かしておいたのか、それもはっきりしないが、とにかく鍵吉はさほど時間を置くことなく、家に火を放ったのである。

ふむ、と富士太郎は鼻を鳴らした。

「土地鑑があるのなら、鍵吉は小石川とか本郷《ほんごう》、駒込あたりに住んでいたことがあったのかな。それとも、暮らしていたわけではなくて、遊び場があったとか、なじみの飲み屋があったとか、そういうことかな」

歩きながら、富士太郎は独り言をつぶやくようにいった。

その声を耳にして、前を歩く珠吉が振り向く。冷たい風を受け続けているせいで、鼻のてっぺんと頬が赤くなっている。

今にも鼻水が垂れそうになっており、こいつを使いなよ、と富士太郎は懐紙を差しだした。すみません、といって珠吉が受け取り、盛大に鼻をかんだ。紙をくしゃくしゃに丸め、袂《たもと》に落としこむ。ふう、と長い息をついた。

「旦那、助かりましたよ」

少し鼻にかかった声で、珠吉が感謝の言葉を述べる。

「珠吉、そんなになっていたのに、どうして鼻をかまなかったんだい」

珠吉が情けなさそうに、白い鬢をぼりぼりとかく。

「旦那、今のあっしはそんなにひどかったですかい」

富士太郎は苦笑せざるを得ない。

「まあ、そうだね。いいにくいけど、さすがにおいらも見かねたよ」

「さいでしたかい。まったく歳は取りたくねえな。鼻水をほったらかしにしておいたのは、かむ物がなかったんで、つい」

「じゃあ、懐紙を持ってくるのを忘れたっていうのかい。へえ、そりゃまた珠吉らしからぬ手抜かりだね」

珠吉が少し苦い顔をする。

「もう歳だもんで、ここ最近は物忘ればかりですよ」

「珠吉は若いよ。案ずることはないよ」

「旦那、世辞はけっこうですよ。それに、あっしだけでなく、どのみち女房の野郎も忘れちまいますからねえ。女房も物忘れが最近はひどいですからね」

「おつなさんがかい。ここしばらく顔を見ていないけど、しっかりした人じゃないか」

「前はそうだったかもしれないですけど、今はもう昔の面影なんてありゃしませんよ。二人してこんなものですからねえ、先行きが心配でしょうがありませんよ」

珠吉とおつな夫婦は、大事なせがれを病で失っている。まだ二十前の若さだった。先を見てくれる者がいないというのは、不安が募って仕方がないだろう。

珠吉、心配しなくていいよ、と富士太郎はいってやりたかった。おいらがちゃんと面倒を見てやるからさ。しかし、ここでいっても珠吉の性格からして断るにちがいなかった。こういうのは、間合を捉えるのがなにより肝心である。

「おや、また洟《はな》が垂れそうになっているよ。珠吉、こいつを持っておきなよ」

富士太郎は懐紙の束を取りだした。

「えっ、こんなにいいんですかい。全部でしょう。あっしがもらっちまったら、旦那が困るんじゃありませんかい」

「別にかまわないよ。おいらは、洟は出ていないんだから。もし出たら、そのときは貸しておくれ」

「承知しました。すみません、旦那、では遠慮なく」

珠吉が懐紙の束をうやうやしく受け取り、懐に大事にしまいこんだ。それから富士太郎に顔を向けてくる。

「旦那はいま鍵吉の縄張を気にしていましたけど、小石川、駒込、本郷は旦那の縄張ですよね。しかし、これまで旦那もあっしも鍵吉のことは一度もきいたことがありませんものね。源助さんが鍵吉のことを常に気にかけていたということは、やっぱり鍵吉の縄張は、日本橋界隈ということになるんじゃないですかね」

「ああ、そうだね。その通りだよ。珠吉、相変わらず鋭いね」

「いえ、そんなこともありませんや」

珠吉が謙遜してみせてから続ける。

「しかし、料亭今橋からの帰路、秀五郎さんをかどわかしたということは、鍵吉の野郎は少しは旦那の縄張についても詳しいってことになりますね。秀五郎さんをかどわかすためには、今橋をずっと見張っていなければなりませんから、そのあいだどこに身を隠しておくか、ということも前もって知っておく必要があります」

「なるほど、そうだね」

「はなから土地鑑があるのなら、前もって調べる必要もありませんん」

「やつはどこに身を隠していたのかな」

富士太郎は今橋のあたりのことを頭に浮かべようとした。今橋のある小石川の富坂新町は何度も足を運んでいるからすぐに思いだせそうなものだが、そううまくはいかなかった。目の玉が飛び出るような料金は請求されそうにないものの、町方同心風情には敷居が高そうな今橋の重厚な建物は脳裏に映りこむのだが、あの建物のまわりになにがあったのか、さっぱり思い起こせない。

最近めっきり忘れっぽくなったと珠吉が自嘲気味に口にするが、これでは自分も似たようなものではないか。

「あっしはなにも思いだせませんねえ。少しくらい覚えていてもいいと思うんですけどねえ。これじゃあいけないんでしょうけど、どうしようもありませんや」

珠吉が首を振り振りいう。

「おいらも同じだよ。まったく困ったもんだよ。おいらは珠吉より四十も若いっていうのに、こんなざまだなんて、情けなくて涙が出るよ」

「なにも泣くことありませんよ。旦那、こういうときはじかに出向けばいいことですからね。仕事の頃合いを見て、行ってみますかい」

「うん、それがいいね。そうしよう」

「じゃあ、才蔵さんの帰りでいいですかね」

「うん、そうしよう」

富士太郎と珠吉は今、向島に住む才蔵を訪ねようとしているところである。才蔵は元詐欺師だ。あらためて鍵吉のことをきこうとして、足を運んでいるのだ。すでに向島に入っている。才蔵の家は白髭神社の近くだから、あともう二町ばかり先だ。じき、屋根が見えてくるのではあるまいか。

「いい話がきけるかねえ」

前にきたときは、鍵吉につながりそうな手がかりを得ることができなかった富士太郎の期待は、家が近づくにつれて徐々に高まりつつある。


うう、おう、ああ。

うめき声が立て続けにあがる。

そこだ、そこ。なかなかうめえぞ。

才蔵の半びらきの口から、よだれのようなものが垂れる。富士太郎は手を伸ばしてふいてやりたかったが、それはかなわず、次の瞬間、布団に小さなしみができた。ああ、と富士太郎は嘆声を漏らしそうになったが、さすがに我慢した。

才蔵は座敷のまんなかにうつぶせになり、一緒に暮らしている孫のように若い娘に腰や背中をもませているところだ。富士太郎と珠吉は四半刻ばかり、ずっとその光景を眺めている。

「それでどうなんだい、才蔵さんよ」

富士太郎が発した問いに答えることなく気持ちよさそうにしているだけの才蔵に腹を立て、珠吉がついに催促の声を飛ばした。

才蔵がちらりと珠吉に目をやる。おもしろそうににやにやした。

「珠吉さん、ずいぶんと短気になったものだねえ」

「前からの性分だ。俺たちはおめえさんの妙な声をきくために、ここまでやってきたわけじゃねえんだ」

「まあまあ、珠吉、そんなに怒るもんじゃないよ。才蔵さんは腰をもんでもらいながら、思いだそうとして、うなっていたんだよ」

富士太郎は珠吉をたしなめるようにいった。

「ここはじっと腰を落ち着けて待てばいいんだよ。そうすれば、きっと才蔵さんはなにか思いだしてくれるさ」

「さすがは八丁堀の旦那だ。いいことをおっしゃいますねえ」

才蔵がにっこりとする。気持ちよさそうに白い眉の下の目を細めてから、富士太郎を見た。やはり元は犯罪人だけあって、瞳の奥に宿る光はなかなか鋭いものがある。

「ほんと、その通りなんですよ。喉元まで出かかっていたのが、珠吉さんが余計なことをいうもんで、引っこんじまったんですけど、今の旦那のお言葉でまた喉のあたりまで出てきましたぜ」

「じゃあ、もうじきだね」

「ええ、もうじきでさあ」

才蔵が目を閉じる。すぐにあけた。

「思いだしましたよ」

「なにをだい」

富士太郎は身を乗りだしたいのを我慢し、平静にたずねた。

「あっしは秀五郎さんという人には心当たりはねえんですけど、鍵吉の友垣のことを一人思いだしましたよ」

「鍵吉に友垣なんていたのかい」

「若い頃はけっこういたと耳にしたこともありますが、歳を取るにつれてだんだんと離れてゆき、源助さんにとっつかまる頃にはほとんどいなくなっていました。しかし、それでも一人か二人は残っていたようですね」

「へえ、そうかい」

富士太郎は、ここで初めて体を前に押しだすようにいった。

「それで、誰なんだい」

「与志吉《よしきち》という男ですよ」

どんな字を当てるか、才蔵が説明する。

「与志吉だね。何者だい」

「単なる遊び人ですよ」

「与志吉は、鍵吉とよくつるんでいたんだね。今どこにいるか、知っているのかい」

才蔵がかぶりを振る。

「すみません、そこまでは存じません。しかし、遊び人ですからね、矢場にいるのを一度見かけたことがありますよ。不細工な面《つら》しているくせに、あっちがうまいのか、女にはそこそこもてるんですよ。矢場でも女の肩を抱いて、でれでれしていましたねえ」

「矢場か。それはいつのことだい」

「もう半年くらい前ですね」

富士太郎は矢場の場所をきいた。千駄木町《せんだぎちょう》の根津権現《ねづごんげん》裏にあるとのことだった。名は岸田《きしだ》。

矢場は楊弓《ようきゅう》という短い弓で矢を放ち、的に当たると景品をだす。町人の娯楽として人気があるが、矢取女と呼ばれる女が実は遊女同然であり、的場《まとば》の裏手に設けられた小屋で春をひさぐなど、今は遊びとしてよりも売色のほうがずっと色濃くなっている。

そういう場所は、遊び人どもの巣窟《そうくつ》といってよいだろう。与志吉という不細工な男が放蕩者を気取ってたむろしていても、なんら不思議はなかった。

矢場とは名ばかりの、実態は売春宿ということで、いずれ矢場は禁じられ、役人たちによって取り締まられるのではないかといわれているが、今のところ、そういう動きはない。法度《はっと》に触れてはおらず、岸田という矢場は今もきっと営業しているだろう。

小便くさい路地裏に、岸田という矢場はあった。あたりには脂粉《しふん》のにおいも濃く漂い、富士太郎はむせ返りそうだ。珠吉も眉根を寄せ、むずかしい顔をしている。

古くていたみが激しい家が立てこんだ向こうに、根津権現の杜《もり》がわずかに見えている。紅葉が終わりを告げようとしているこの時季、いまだにわずかに残っている濃い緑は、息が詰まりそうなこの場所で、唯一の救いのように感じられた。

富士太郎と珠吉は岸田に入りこんだ。的場に的が五つ並んでいる。客は一人もいなかった。脂粉をたっぷりと塗りつけ、派手な着物を着こんだ女が、胸元を大きく広げてこちらをなまめかしい目で見つつ、長床几《ながしょうぎ》にしどけなく座っている。厚い化粧をしているとはいっても、歳は若そうで、せいぜいがまだ十七、八くらいではないか。

「おまえさん、この商売に入ってどのくらいなんだい」

富士太郎は軽い気持ちできいた。女が目を鋭くする。

「どのくらいなんて、どうでもいいだろう」

「気に障《さわ》ったのかい。それだったら謝るよ」

「謝るくらいだったら、最初からそんなこと、きかなきゃいいんだよ」

「悪かったよ。おまえさんにもいろいろわけがあるんだろうね」

「あんた、こんな商売って思っているんだね。なに、憐れみをかけてんだい。それとも馬鹿にしてんのかい」

「いや、そんな気はないよ。おいらは人のことは馬鹿にしないもの」

「あたしゃ、ここが好きで働いているんだよ。役人に口をだされる筋合いなんか、ないんだからね」

「それはそうだよね」

富士太郎はひたすらへりくだった態度を取った。なにしろ、この若い娘の機嫌を損ねたのは事実なのだ。話をきくのに支障があるとか、そういうことではない。人として、富士太郎は娘の機嫌を直したかった。箸が転んでもおかしい年頃の娘が、こんなに怒りっぽいというのは、やはりおかしい。仕事がつらい証なのではないか。好きでしている仕事ではないのだろう。

富士太郎には、この娘を今の境遇から救いだすことはまずできない。しかし、自分と話すときくらい、つらいことはできることなら忘れてほしい。楽しく笑顔で話してほしかった。常に笑顔を忘れないほうが、やはりよいことは舞いこんでくる。このかわいらしい娘に、怒りっぽいままでいてほしくなかった。

富士太郎はごめんよ、気に障ることといっちまったねえと、ひたすら謝った。

娘を思う気持ちがゆっくりとつたわっていったか、徐々にではあるが、娘の顔から険しさが取れていった。

最後には、ごめんなさい、と小さな声で謝ってくれた。

「私、こんなことで怒るようなこと、なかったのに」

「そうだよね。おまえさんは、気のよさそうな顔をしているもの」

ここまで機嫌がよくなれば、話をきいてもよいのではないか。富士太郎は、ここ最近与志吉さんという男の顔を見たことがあるか、ときいた。笑顔を取り戻した娘が、与志吉ときいて、少しだけ表情にとげとげしさが宿った。すぐに思いだしたように笑みを浮かべる。

「与志吉さん、よく来ますよ」

明るい口調でいった。

「昨日も来たばかりですから」

「常連なんだね」

富士太郎は娘を見つめた。

「どこに住んでいるか、知っているかい」

「ええ、この近くですから。あたし、行ったこともあります」

娘が少し暗い表情になった。

「与志吉さん、なにかしたんですか。あたし、知ってるなんて、ぺらぺらとしゃべっちまったけど」

富士太郎はやさしく笑った。

「いや、なにもしていないよ。ただ、ちょっと話をききたいだけなんだ」

娘がほっと胸をなでおろす。

「ああ、よかった。あまり大きな声じゃいえないけど、与志吉さん、小心者だから、お役人につかまるようなこと、できる人じゃないんです。あたしも飴玉をしゃぶらされた子供みたいに、口がなめらかになっちまって」

「おまえさんが案ずることは一切ないよ。与志吉さんを番所に引っぱるような真似は決してしないから。それで、どこに住んでいるんだい」

娘によると、この矢場からまっすぐ東に行った千駄木坂町の裏長屋で暮らしているとのことだ。娘は絵図を描くかのように、道順を克明に説明してくれた。

「まっすぐ東といっても、あいだに小笠原さまのお屋敷があるから、遠まわりしなきゃ行けないんですけど」

江戸はそういうところだらけだ。宏壮な武家屋敷がとにかく多く、それを避けるように道が曲がりくねっている。

「まだ昼前だから寝ていると思いますけど、そんなに寝起きは悪くないですよ」

「ありがとね。そんなことまで教えてくれて。おまえさん、名はなんていうんだい」

娘は、さえです、と答えた。それが源氏名なのか、本名なのか、わからなかったが、富士太郎はにっこりと笑っていった。

「とてもいい名だね」

「ありがとうございます」

富士太郎と珠吉は娘に礼を告げてから、与志吉の長屋に向かった。

矢場のおさえという娘のいった通りの場所に、完右衛門店《かんえもんだな》はあった。どぶ臭い路地をはさんで、七軒同士の店が向き合う長屋である。

路地に洗濯物がところ狭しと干されているが、家々が立てこんで密集しているせいであまり風が吹きこまず、陽射しもほとんど届かないこともあって、洗濯物の乾きがいいようには思えなかった。

酔っ払いがもどした反吐《へど》のようなにおいも、濃く漂っている。あまり長居したくない長屋だが、ほとんどの庶民がこういうところで寄り集まり、寄り添うように暮らしている。それこそが江戸という町なのだ。どこからか、元気のよい子供の声が響いてきた。こんな寒い日でも、子供にはまったく関係ないのである。

与志吉の店は、右側の長屋の一番手前だった。『与志吉』と腰高障子に名が大きく墨で書かれている。

「こいつはまた、ずいぶんとわかりやすくしてあるものだね」

富士太郎は目を丸くした。珠吉が笑いを漏らす。

「あのおさえって娘がいうように、悪人じゃないってことなんでしょうね。小心者が一所懸命気張って、これだけでっかく書いたってことなんでしょう」

珠吉がどんどんと障子戸を叩いた。

「与志吉さん、いるかい」

なんの応《いら》えもなかった。もう一度、珠吉が叩こうとしたとき、寝ぼけたような声が腰高障子を抜けてきた。

「あいてるよ」

珠吉が、腰高障子を横に走らせようとした。しかし、建て付けが悪く、がたぴしいってなかなかひらこうとしない。珠吉が毒づくような顔で、力をこめるが、あかない。富士太郎も力を貸した。苦労の甲斐があって、ようやく腰高障子はあいた。ちくしょうめ、と珠吉がいって額に浮いた汗を手ぬぐいでふく。

富士太郎は、四畳半が一室と台所しかない店のまんなかで、しみが一杯についた布団に掻巻《かいまき》を着て横になっている男を見た。

「あれ、御番所のお役人ですかい」

首をねじった男が、近眼のように目をすぼめる。目やにが両目の端にたっぷりとついていた。

「うん、そうだよ」

土間に立った富士太郎と珠吉は名乗った。

「ああ、本物か」

驚いたようにいって、男がはね起きた。眠気もすっかり覚めたようだ。両手をそろえて布団の上に正座する。餌をもらう犬のようにこちらの言葉をじっと待っている風情だ。それにしても、布団以外の家財はものの見事にない。あるのは長火鉢だけだが、煙管がのっているだけで、寒さが厳しくなってきたというのに、なかは空だ。

「こんな朝早くから八丁堀の旦那がなんの用ですかい」

「おまえさん、与志吉さんだね。ちょっと話をききたいんだ」

与志吉が腰を浮かせる。

「あっしは別に悪いことはしていませんぜ。本当ですよ」

才蔵が不細工な男といっていたが、鼻はひしゃげ、細い目は垂れ、唇は分厚く、頬にもでっぷりと肉がつき、顎が垂れ下がっており、いい男とは確かにいいがたい。

「ああ、知っているよ」

「本当につかまえないんですかい。話をききたいってのは、お役人が悪者を捕らえるときの常套句《じょうとうく》じゃないですか」

「常套句なんてむずかしい言葉をよく知っているね」

「これでも手習所は好きで、ちゃんと習ったものですからね」

富士太郎は上《あ》がり框《かまち》に腰をおろした。珠吉は土間に立ったままだ。

「あっ、こちらにあがられますかい」

「いや、ここでいいよ。気を使わないでおくれ」

はあ、と与志吉が間の抜けたような返事をよこした。

「おまえさん、鍵吉を知っているね」

「鍵吉ですかい」

「とぼけなくていいよ。以前、つるんでいたことは調べがついているからね」

「ああ、さいですかい」

与志吉が頭のうしろをかいた。

「ええ、知ってますよ」

「今どこにいるか、知っているかい」

「えっ、あいつは江戸払いになりましたからねえ、今頃どこにいるのやら」

「とぼけているのかい。あの男、舞い戻っているんだよ」

「ええっ」

与志吉は心底驚いたという表情をした。

「まことですかい。いつ戻ってきたんですかい」

「それがまだはっきりしないんだけどね。鍵吉が江戸払いになったのは、一年半ばかり前なのは、おまえさんも知っているね。おいらの勘だけど、鍵吉は一年ばかり前にはもう戻ってきたんじゃないのかね」

「そんなに早く……」

与志吉は呆然としている。

「あっしは若い頃には鍵吉とつき合いはありましたけど、今はもう絶えて久しいですよ。これは本当です。嘘はつきません」

「信じるよ」

富士太郎は真摯にいった。

「ありがとうございます」

与志吉がうれしそうに頭を下げる。

「鍵吉が寄りつきそうな場所に、心当たりはないかい」

与志吉がしばし考える。

「いえ、わからないですねえ」

「おまえさん、秀五郎という男を知っているかい」

「秀五郎さんですかい。何者ですかい」

「若い大工の棟梁だよ」

「いえ、存じませんねえ」

そうかい、といって富士太郎は少しのあいだ思案した。

「鍵吉というのは、どんな男だい」

「あまりいい男とはいえませんよ。腹黒いですねえ。つき合いははじめはいい男に思えるんですけど、だんだんと本性が見えてくるっていうんですかね、偽物の肌がはがれて本物が見えてくるっていう感じですよ。あっしはけっこう鈍感なんで、長いこと、鍵吉とつき合えたんですけど、それでも五年が限度でしたねえ」

「おまえさんとつるんでいるとき、鍵吉はどこに住んでいたんだい」

「ここですよ。ここに転がりこんで、しばらくすぶっていたんです。それが半年ばかり続きましたかね」

この狭苦しい四畳半に鍵吉という男と半年ものあいだ一緒にいた与志吉が、富士太郎は気の毒に思えてきた。

「ここにやってくる前はどこにいたか、知らないかい」

「いえ、知りません。きいたんですけど、答えなかったですね」

「おまえさん、鍵吉とはどうやって知り合ったんだい」

与志吉がぎくりとする。

「ええと、あれはなんでしたかねえ、忘れちまいましたねえ」

富士太郎はすぐにぴんときた。珠吉も同様のようだ。

「賭場だね」

決めつけるようにいうと、与志吉が目をみはる。次いで、富士太郎を尊敬の眼差しで見た。

「さすが町方の旦那ですねえ。なんでもお見通しだ」

「どこの賭場だい」

「えっ、もう潰れてないんですけど、それでもいいんですかい」

「ああ、早くいいな」

根津権現のすぐ西側の朝福《あさふく》家という二百十石の旗本の屋敷だったそうだ。朝福家はやくざ者に賭場を提供していることがばれ、改易《かいえき》の憂き目に遭ったそうである。

「賭場をやっていたやくざ者は、どうしているんだい」

「その一家も御上に目をつけられて、結局散り散りになりましたよ。五年ばかり前のことですけど、あれ以来、一家の者を目にしたことは一度もありませんねえ」

そうかい、と富士太郎はつぶやいた。

「おまえさん、ほかに鍵吉と親しくしていた者を知らないかい」

きかれて与志吉が首をひねる。

「いやあ、あっし以上にやつと親しくしていた者はいないと思いますよ」

少し自慢げにいった。その目が汚い天井の一点を見据えてとまった。

「なにか思いだしたのかい」

「ええ、そうなんですよ。ああ、ああ、そうだ。八丁堀の旦那、女でもいいんですかい」

「もちろんさ。女で鍵吉と親しくしていた者を知っているのかい」

「ええ、実はそうなんですよ。おとせという女ですよ」

小料理屋をしている女だという。

与志吉が矢立と紙はありますかい、というから、珠吉が貸した。与志吉は筆を執ると、すらすらと紙に地図を描きはじめた。意外にも達者だった。

「ここですよ」

詳細な地図のまんなかに小料理屋が記されており、そこには黒丸が打ってあった。ごていねいに、その横に小料理屋の名も入っていた。『志乃夫《しのぶ》』という名だった。

店は閉じていたが、仕込みはしていた。

志乃夫の女主人のおとせは四十をいくつかすぎており、疲れの色がひどく濃い女だった。今にも倒れるのではないか、というような顔色をしていた。目の下のくまも墨で描いたようになっている。

おとせの話では、鍵吉とはしばらくここで一緒に暮らしていたそうである。それは、鍵吉が与志吉の長屋を出たあとのことのようだ。

おとせは後家《ごけ》とのことだ。人恋しく、肌寂しいときにあの男があらわれたという。それで一緒に暮らす羽目になったとのことだ。

いまこの女の人は、羽目という言葉を使ったね、と富士太郎は思った。

「最低の男でしたよ。ただ、ちょっと見はいいもので、あたしはころりとまいっちまったんですよ。最初はあたしのような女でも女と見て、やさしくしてくれたんですよ」

おとせが疲れたように長床几に腰をおろして、しみじみといった。

「あの男ね、一つすごい才能があったんですよ」

「なんの才能だい」

富士太郎はすぐさまたずねた。

「あれだけの才能があるんだから、悪いことなんかしなくても、いくらでもお金を稼げたのに、人をだまして稼ぐのがおもしろかったみたいで、よく自慢していましたよ。あたしはやめたほうがいいって、よくたしなめたものでした。案の定、岡っ引につかまって江戸払いになっちまった」

ため息をつく。

「最初から人をだますなんてこと、しなきゃよかったんだ。あれだけの才能を生かすことを考えてりゃあ、よかったんだ」

おとせが富士太郎と珠吉に、疲れ切ったという顔を向けてきた。

「あの男、帰ってきているんですね」

おとせの瞳が一瞬、輝きを帯びたが、すぐにろうそくが吹き消されたかのようにふっとかき消えた。また下を向く。

「江戸恋しさに戻ってきたって、こうしてもう御上の手がまわっている。どうせ死罪に決まってますよ。はなから長生きできる男じゃないんだ。どうして、それがあの男にはわからないのかねえ。世間は自分を中心にまわってると思ってる。世間からはとっくに弾かれてしまってるのにさ」

「おとせさん」

富士太郎は呼びかけた。おとせが物憂げでぼんやりとした視線を投げてきた。

「鍵吉の才能っていうのを教えてもらえるかい」

「ああ、ごめんなさい。つい夢中にしゃべっちまって」

おとせが大きく息をつく。

「料理の才能ですよ。あれはすごかった。江戸でも名の知れた名店で板前を張れるほどの腕前ですよ。どうしてあれだけの才能を生かそうとしないのか、あたしには不思議でならなかった」

「料理かい。そんなにすごかったのかい」

「ええ、つくる物つくる物、すごいんですよ。絶品だったですねえ。うちに来るお客さんも、一時はあの男のつくる料理目当ての人が何人もいましたもの」

おとせが肩を落とす。

「今は昼から店をあけても、日に多くて五、六人ですからねえ。もう閉めたくなっちまうけど、こんな店でもなんとかおまんまは食べていけますからねえ」

「鍵吉がこの店に来たのは、なにかきっかけがあったのかい」

「雨が急に降ってきた晩ですよ」

おとせが遠い目をする。

「その日も暇で、あたしゃお茶ばかり飲んでいたんです。もう看板にしようかなと思っていたら、あの男がそこの戸をあけて、飛びこんできたんです。ずぶ濡れでしたね。あたしは手ぬぐいを貸してあげましたよ。それで少しは落ち着いて、お酒を飲みはじめたんです。そうしたら、ほう、ここの揚げだし豆腐はうめえな、とほめてくれたんです。あたしの数少ない自慢の品ですから、ほめられてとてもうれしかった」

二

壁に背中を預けて、佐之助は顎をさすった。だいぶひげが伸びてきている。ちらりと縁側に目をやった。

喜知右衛門は日が当たっていない縁側に将棋盤をだして、詰将棋をしている。風がひどく冷たいのに、寒くないのかと思うが、熱中しているらしく、将棋盤の前からまったく動こうとしない。

縁側の先は庭になっており、道と隔てるように生垣《いけがき》が設けられているが、生垣自体かなりの高さがあって、外からのぞきこまれるようなことはない。

佐之助は一応立ちあがり、外の様子をうかがった。冬の到来を告げる風が吹き渡っている。そのせいか、生垣の向こうを行きかう者はそう多くないようだ。怪しい者の気配はない。粘つくような視線も感じない。

本当に喜知右衛門は狙われているのかと疑いたくなるくらい、この家にやってきて以来、佐之助はのんびりとしている。狙われているような雰囲気は、一切感じないのだ。これで山形屋と同じ高給をもらえるのかと思うと、なにかすまなくなる。

よし剃るか、と思い、佐之助は喜知右衛門の姿がよく見える縁側近くに座りこみ、脇差を手にした。静かに引き抜く。手入れは十分すぎるほどされており、刀身が外からの鈍い明るさを受けて、きらりと光を弾く。出来のよい脇差だと思う。

これは、倉田家に先祖代々伝わってきた名刀である。銘は藤原石見守《ふじわらいわみのかみ》貞任《さだとう》とある。まったく世に知られていない刀工であるが、出来はひじょうにすばらしい。

以前、懇意にしていた刀商からきいたことがあるが、無名の刀工でも一世一代というだけの業物《わざもの》を打つことがあり、ときに名工といわれる者にも引けを取らない刀となることがあるという。

その刀がそのまま後世に残ることは滅多になく、いつしか銘を削られて代わって他の有名刀工の銘が彫られ、偽物の刀として、好事家《こうずか》たちに多額の金で引き取られてゆくことが珍しくないとのことだ。

佐之助が手にしている脇差はそういう難を免《まぬが》れて、今の世まで無事に伝わってきた。おそらく打たれたのは戦国の終わり頃ではないか、とその刀商はいっていた。刀に対してろくに知識もなかったのに、初めて手にしたとき、佐之助もそのくらいの時代の脇差ではないかと、なんとなくそう感じていた。手になじみ、釣り合いがよく取れた脇差である。

恐ろしく切れ味がいいから、ひげを当たるのに水などいらない。このところずっと千勢が剃ってくれていたが、もともと一人でひげの手入れはしていたから、手慣れたものだ。

「うまいものですな」

将棋盤から目をあげ、喜知右衛門が興味深げに見ていた。

「それにしても、すごい切れ味の脇差ですなあ。やはりお武家が持っておられるのは、わしらなどが所持しているものとは、ずいぶんちがうようですな」

佐之助はひげを剃り終え、懐紙でていねいに刀身をぬぐった。鞘におさめ入れる。あとでしっかりと手入れをしてやらねばならない。

「おぬしも持っているのか」

「ええ、それはもう。旅に出るときなど、道中差として必要ですからな」

「旅に出ることがあるのか」

「ええ、ええ。お伊勢参りもいたしましたし、そのときに京にも足を延ばしました。大山参りも行きましたし、箱根の湯、熱海《あたみ》の湯にも浸かりましたし、富士のお山も登りました。甲府《こうふ》にも行きましたよ」

「ほう、甲府へ。なんのために」

甲府など、甲府勤番山流しという言葉がある通り、なにもないところではないのか。

「あそこには先祖の墓があるんです。ずっと以前から先祖の墓があるところに行きたいと思っていたんですが、隠居してようやくその願いがかないました」

「おぬし、甲斐《かい》の出なのか」

「いえ、手前はちがいます。もうずっと昔のことです。もともと、手前どもの家は甲斐武田家の家臣だったそうでございますよ。それが武田家が滅びたあと、東照大権現さまにお仕えして、江戸に出てきたそうにございます。ただ、その何代かあとにお侍をやめて、商家に転じたという話が伝わっています」

「どうして侍をやめたのか、理由をきいているか」

いえ、と喜知右衛門がかぶりを振った。

「それがどういうわけか、伝わっておりません。きっとお役目かなにかでしくじったのではないかと、手前などは思っております。だから、伝わっていないのだろうと。伝えようがなかったのでございましょう」

そうか、と佐之助は相づちを打った。

「今頃きくのもなんだが、おぬしの家の商売はなんだ」

「え、ああ、瀬戸物にございますよ」

「瀬戸物か。いい物を扱っているのか」

「ええ、悪くないと思いますよ。唐津《からつ》や備前《びぜん》、伊賀《いが》、そしてもちろん瀬戸《せと》の物を主に扱っていますが、お客さまの評判はひじょうに高いと自負しております」

「いま店は誰が」

「え、ええ、せがれがやっております」

「店は大きいのか」

「ええ、まずまずだと思います。奉公人は十五人ばかりですね」

「びっくりするほど大きくはないが、儲《もう》けるのにはちょうどよい大きさだろう」

「ええ、ほどほどといったところだと思います。倉田さまがおっしゃる通り、ちょうどよい規模だと手前も思っておりますよ。しかし、せがれには、自分のやりたいようにやれ、店を大きくしたいのなら存分にやれといってあります。やはりそういう野望めいたものがないと、人間、だんだんとやる気がなくなってしまうのではないかと思いますので」

そういうものの考え方もあろう、いやむしろ自然かもしれぬ。

「ところで、おぬし、本当に狙われる心当たりはないのか」

「いえ、いま冷静になって考えますと、ないことはないような気がいたします」

「あるのか」

ええ、と喜知右衛門が首を縦に動かす。

「倉田さまにおいでいただいて、気持ちが落ち着いたということにございましょうが、狙われるには狙われる理由があるはず、と手前も思ったわけでございます。それで、冷静になって考えたところ、これかもしれないというものがあったのでございます」

「それはなんだ」

佐之助は先をうながした。喜知右衛門が空咳《からぜき》をする。失礼いたしました、といって話しだす。

「手前が隠居したのは、もう十五年ばかり前になります。その後、連れ合いを亡くしたりしましたが、まずまず平穏に暮らしてまいりました」

話しながら喜知右衛門が将棋盤の上の駒を片づけはじめた。

「そんなある日、今から半年ほど前のことですが、せがれがこの家にやってまいりました。同業者が廃業するということで、居抜きで買ってほしいという話があり、買いたいとせがれがいいましたので、手前も一緒に店を見に行ったのです。店もよいところにあって、品揃えもなかなかよい。もちろん店を居抜きで品物ごと買うのですから、安かろうはずがございません。それでも、これならば買ってもよいかという気になり、お金を全額用意いたしました」

「うむ」

「しかし、先方からしばし待ってほしいと話があり、そのまま話が進まなくなったのです。うちとしてはせっかくの話でしたから、どうなっているのか、せっつきました。どうやらうち以上のお金をだして買うという商家があらわれたようなのです。しかし、うちとしても好条件の話ですから、引くに引けません。かなりの額を上積みいたしました」

うむ、と佐之助はまたいった。

「その後、お互いに二度ずつ上積みがあり、残念でなりませんでしたが、その店はあきらめざるを得なくなったのです。ここで無理したところで、よい結果が得られるはずもありませんから」

そういうものなのだろうな、と佐之助は思った。

「よその商家が買ったその店でしたが、驚いたことに、それからほんの三月《みつき》後、火事になりまして、品物ごと全焼してしまったのです」

「ほう、それはまた不幸な出来事よな」

「まったくでございます。その店を買った商家は、場所もよいその新たな店に主だった商品を置くようにしておりましたから、一気に傾きまして――」

「そうか。無理をしなかったのが、おぬしには正解だったことになるな」

喜知右衛門は視線をそらした。

「え、ええ、さようにございます。ただ、それがどうしてか、手前が店を手に入れられなかった腹いせに付け火をしたという噂が立ったのでございます」

「ほう、それはまた」

「手前はびっくりいたしましたよ。もちろん身に覚えはありません。しかし、火事になった商家の者は、その噂を信じたようなのでございます。そういう話が伝わってきて、せがれが以前、そうと教えてくれました。ただし、それももう二月《ふたつき》以上も前の話で、手前はとっくに失念しておりました」

「その商家の者がおぬしを狙っているのではないか、というのか」

「はい。ただ、あのように鋭い匕首を振るう者があの商家にいるはずもございませんから、おそらくは、その筋の玄人《くろうと》に依頼したのではないかと思います」

「殺しをもっぱらにする者ということか」

「さようにございます」

暗い顔で喜知右衛門がうなずいた。

「逆うらみもほどほどにしていただきたいものでございますよ」

ため息をついていった。

「その商家はなんという」

喜知右衛門が目をあげた。

「そ、それは――、山崎屋《やまさき》と申します」

「あるじや奉公人はどうしている」

眉根を寄せて喜知右衛門が首を振る。

「手前は知りません。店が傾き、その後いったいどうしたのか」

調べに行ってみたいが、喜知右衛門のそばを離れるわけにはいかない。こういうとき、直之進は頼りになるが、まだ当分江戸には戻ってくるまい。今頃どこにいるのか。もう沼里をあとにしたのか。

故郷だから、まだぐずぐずと滞在しているかもしれない。故郷のうまい食事を堪能しているかもしれない。なにしろ、あの男は殿さまである又太郎の寵愛《ちょうあい》が深い。城に招かれて、美酒に美食を供され、思う存分味わっているのではないか。

いや、そのような男ではあるまい。美酒くらいは味わったかもしれないが、もうとっくに沼里を発ったに決まっている。山形屋の件がまだ落着していないことは、熟知しているのだ。

早く戻ってこい、と佐之助は思った。あの男が戻れば、今度はこの用心棒の仕事を押しつけ、こちらが存分に動きまわることができる。

通いのばあさんがおり、昼餉をつくってくれた。蕎麦切りである。ばあさんが蕎麦粉をこね、打ったものだ。

あまりに見事な腕前で、佐之助はびっくりした。玄人はだしというのは、こういうことをいうのだろう。汁には鰹《かつお》だしをたっぷりときかせてあり、歯応えがあり、香り高く、濃い味のする蕎麦切りとひじょうに合った。

「いかがです、うまいでしょう」

　まるで自分がつくったかのような顔で、喜知右衛門が自慢する。

「すごいな。こんな蕎麦切りは、なかなか食えんぞ」

「手前もそう思いますよ。得がたいばあさんに来てもらったものだと思います」

「俺がほしいくらいだ」

　ばあさんはそのやりとりをにこにこしながら見ていた。いったん家に戻り、また夕刻前に夕餉の支度のためにやってくるのだという。しかし、外に食べに行くから、今日はいいよ、と喜知右衛門が断った。この男は出かける気でいるのか、と佐之助は内心で少しあきれたが、むろん顔にはださない。

　昼餉のあと、喜知右衛門が昼寝をした。寝すぎると夜眠れなくなるということで、壁にもたれて目を閉じた。ちょうど四半刻たったとき、喜知右衛門は目を覚ました。こういう姿勢で寝ると、ぐっすりと長く眠ることはなく、昼餉直後の眠気も消えて、いい塩梅《あんばい》なんですよ、と笑顔でいった。

　そのあと、驚いたことに散歩に出るといいだした。佐之助はさすがに、やめたほうがよい、ときつくとめたのだが、これはいつもの日課ですから欠かすことはできません、と強い口調で喜知右衛門が答えた。

「この歳になると、足萎《あしな》えがいちばん怖いんですよ。足と歯さえ丈夫なら、長生きできると、かかりつけのお医者にもいわれているんです」

「しかし、襲われて殺されてしまったら、長生きもなにもあるまい。元も子もなくすというやつだ」

「そうならぬように、手前は倉田さまに用心棒についていただいたのではありませんか。手前は、無駄に高い給金を払うつもりはありません。命を狙われているかもしれないなかで、いつもの暮らしをするために、倉田さまにおいでいただいたのですよ。びくびくしながら暮らすのは、まっぴらごめんにございます」

そういわれては、佐之助も返す言葉がなかった。

「散歩というとどこへ」

喜知右衛門の隠居宅があるのは、日本橋の北新堀町《きたしんぼりちょう》である。大川に架かる永代《えいたい》橋《ばし》が東に望める好立地にあった。

喜知右衛門が佐之助の問いを耳にして、顔をほころばせる。

「川向こうに行くつもりでいます」

「深川か。どのあたりまで行く」

「うまい蕎麦切りを食べさせる店がございます。そこまでまいります。店は大和町にございます」

「また蕎麦か」

「手前は蕎麦に目がないものですから、食べくらべをしたくなりました」

深川大和町というと、と佐之助は頭の中に地図を広げた。仙台堀《せんだいぼり》沿いにまっすぐ東へ行き、亀久橋《かめひさばし》をすぎたあたりか。ここから行くとなると、十五、六町はあるのではないか。

「近くはないな」

「しかし、手前にとりましてはちょうどいい距離にございますよ。遠すぎず近すぎずというところでございましょうか」

「本当に行くのか」

「はい、まいります」

このあたりは商家で長年あるじをつとめてきただけのことはある。物怖《ものお》じせず、けっこう肝が据わっている。

「わかった。行こう。だが、よいか、なにかあったときには必ず俺の指示にしたがってもらう。勝手な動きはしないでもらおう。でなければ、命を失う。肝に銘じてくれ」

「承知いたしました」

喜知右衛門はいったが、高をくくっているような答えにも感じられた。

どんなことがあろうと守るしかあるまい。

佐之助は腹をくくるしかなかった。

往きはなにごともなく深川大和町に着き、無事に蕎麦屋に入った。喜知右衛門は燗酒とざる蕎麦を一枚食べた。

佐之助はざるを一枚だけにした。正直いえばもっと食べたかったが、食べすぎると動きが鈍る。相手が腕利きの殺し屋なら、勝負は瞬時に決まる。食べすぎて、その瞬間に後れをとったら、後悔してもしきれない。

喜知右衛門はちびちび飲んで、ちろりを二つ空にした。酒にはけっこう強いのか、それとも時間をかけたせいか、あまり酔ったふうはない。勘定を支払って喜知右衛門が外に出ようとした。

それを制して佐之助が先に出て、あたりの気配をうかがった。

すでに夕暮れが町を包んでいる。暗さが軒下や狭い路地、用水桶の陰などあちらこちらで渦を巻き、町を徐々に闇の海に引きこもうとしている。

付近に、怪しい者がいるような気配は感じない。佐之助はうしろを振り向き、店を出るように喜知右衛門に仕草で示した。

喜知右衛門が暖簾を払って、のっそりと出てきた。別段、おびえた様子はない。肝が据わっているのか、もともと鈍いのか。佐之助には正直、判断がつかなくなっている。

喜知右衛門が袂から火打用具を取りだし、かちかちと音をさせて、提灯に灯を入れた。慣れたもので、すぐに提灯はほんのりとやわらかな光を薄闇のなかに浮き立たせた。

「よし、行こう」

佐之助は喜知右衛門の少し前を歩きはじめた。喜知右衛門は提灯を持ち、少しふらつきながら歩いている。

蕎麦屋にいるときは酔っているようには見えなかったが、時間がたつにつれ、酔いがまわってきたのだろう。佐之助は舌打ちしたい気分だったが、これも喜知右衛門の日課というのなら好きなようにさせるしかない。

しかし、この様子では、そこの塀の脇に身を寄せろといっても、まずしたがうことはできまい。もしいま二人以上の者に襲われたら、厄介なことになる。一人ならなんとでもできるが、腕利きが二人以上で襲ってきた場合、どうなるか、予断を許さない。

町人が多い深川といえども、日が暮れると同時に人々の影は急速に路上から消えてゆく。ほとんどの町人は夜がやってくると、寝床にもぐりこむのが常だ。夜起きていると、油を使わなければならない。それがもったいないので、寝るのがいちばんなのだ。

佐之助は緊張しつつも、頭は冷静だ。行きかう通行人や、遊びに夢中になったのかあわてて家に飛んで帰ろうとしている子供、餌を求めてうろつく犬猫の類、店先で淡い光を放つ提灯、風にはためく暖簾、道を転がってゆくごみ、舞う木の葉など、さまざまなものが目に入ってくるが、佐之助は瞬時にそれがなにか見て取って、危険かそうでないか判断をくだす。

深川ではなにも起こらなかった。佐之助たちは永代橋を渡りはじめた。夜だというのに、大川にはまだ多くの船が舳先《へさき》や艫《とも》に提灯を掲げて川面を滑っていた。かなり寒いのに、遊びの船が目立つ。酔っ払いの哄笑《こうしょう》が、風に乗って橋の上に舞いあがってくる。

永代橋を渡りきり、道はすぐに北新堀町に入った。相変わらず、喜知右衛門は佐之助のうしろをのんびりとした様子で歩いている。鼻歌こそ出ていないが、相当気分がよさそうだ。

最後の辻を曲がり、喜知右衛門の家まであと五間ほどというところまで来たとき、背後から、獲物に忍び寄る猫を思わせる足音が迫ってきた。気配に邪悪なものを感じ、佐之助は刀を引き抜くやきびすを返し、うしろにいた喜知右衛門の前に素早く出た。

そのときには黒い影は、喜知右衛門の半間ほどまで距離を詰めていた。影はすっぽりと闇に溶けこんでいる。黒装束を着こんでいるのだ。喜知右衛門の持つ提灯に、忍び頭巾《ずきん》のようなものが一瞬浮かびあがって、すぐに消えた。

——どこだ。

佐之助は喜知右衛門を守って賊の前に立ちふさがり、刀を構えた。敵の姿を見失ったときは下手に動かず、どっしりと構えるほうがよい。敵を捜して目をきょろきょろさせるような真似は、愚か者のすることだ。

「動くな。提灯はそのまま持っていろ」

佐之助は鋭く喜知右衛門に命じた。喜知右衛門から返事はないが、顎をがくがくと動かしたのが気配で知れた。

不意に、ぶん、と風を切る音が、佐之助の右側からきこえた。膝ほどの高さから、なにかが振られたようだ。刀にしては重い音で、刃物が提灯の明かりをまったく映じておらず、きらめかない。

刀で受けたら、まずいという気がして、佐之助は一歩下がって、黒い物を避けた。背中にやわらかなものが当たり、うっと声を発して喜知右衛門がよろけるようにうしろに下がった。背中に当たったのは喜知右衛門の腹だろう。

賊が振った黒い物は佐之助の膝をかすめるようにして、通りすぎていった。賊の手にしている獲物がなんなのか、佐之助は確かめることができなかった。

またも闇のなかに賊の姿が消えていた。喜知右衛門は、佐之助に押されたことで、そばの家の塀にぴたりと背中をつける格好になっている。ここならば、背後から賊に襲われることはまずあるまい。しかし、提灯を取り落としてしまったようで、路上で激しく燃えている。揺れる炎が塀や木々、用水桶などを浮かびあがらせていたが、やがて燃え尽きて、あたりの光景は濃い影だけに戻った。

提灯が燃えているあいだ、敵は姿をあらわさなかった。佐之助は前にだけ神経を集中した。

唐突に左側から風を切る音がした。まったく見えないが、今度は上から黒い物が振りおろされている。佐之助の頭の高さだ。刀で受けるのはたやすいが、敵の得物が相当重い物であるのは明らかで、もしそんなことをしたら、刀が折れ、敵の得物は頭を叩き潰すのではないかという危惧があった。

しかし、刀で受けずに身をかわせば、敵はそのまま得物を振りおろし、容赦なく喜知右衛門を殺すだろう。

――どうする。

佐之助に迷いはなかった。刀に左手を添え、万歳をするようにした。刃ではなく刀の腹を上に向ける。直之進からもらったすばらしい刀だが、まちがいなく叩き折られるだろう。しかし、こういう体勢を取れば、少なくとも、いきなり頭を潰されることはあるまい。刀を失っても、まだ脇差がある。十分戦える。

敵の得物が迫りくる一瞬のあいだに佐之助は頭をめぐらし、結論を得た。

次の瞬間、予期していた以上の衝撃が襲った。刀身が竹のようにしなり、腕に大槌が振りおろされたような重さと痛みが走り抜けた。刀が真っ二つに折れたのが知れ、佐之助はすばやく横に動いて、敵の得物を避けた。刀を打ち砕くだけの振りおろしを見舞ったから、さすがに敵の得物は急速に勢いを失ったが、それでも頭を打たれれば、気を失いかねない。

敵が再び得物を持ちあげ、攻勢に出ようとしているのが、気配から知れた。冗談ではなかった。このままいいようにされているのは、性に合わない。佐之助は折れた刀の柄《つか》を握っている。それを敵がいると思える方向に投げつけた。敵に当たったとは思えなかったが、そんなものははなから期待していない。敵の体勢をわずかでも崩せれば十分だった。

佐之助は脇差を引き抜き、見えない敵に向かって足を踏みだした。間合に入ったと同時に脇差を横に振る。敵がざっと土音をさせて下がった。

佐之助は、深追いはしない。敵が一人とは限らないからだ。体勢をととのえ、敵が襲ってきた。またも得物が振りおろされる。待ち受けてはならない。敵の得物が上から降ってきたら、脇差で受けるか、よけるか、どちらかの選択しかない。だが脇差で敵の得物を受けられるはずもなく、また、よけられるはずもなかった。

その前に佐之助は動いた。相変わらず敵の姿は見えないが、得物の発する音から、このあたりだろうと見当をつけた。間合に踏みこんだと確信するや、脇差を前に思い切り突きだす。敵の重い得物よりも、脇差のほうがずっと速いはずだ。

敵が驚いたように、またもうしろに下がった。それでも下がりざま、角度を変えて得物を打ちおろしてくる。

佐之助は敵の横にまわりこもうとしたが、とどまった。そんなことをしたら、敵に喜知右衛門に向かって突進するよう頼むも同然だ。敵が喜知右衛門に向かえない位置に動いて得物を避け、脇差を下から振りあげる。

脇差は、ちょうど得物を横に振ろうとしてわずかに前のめりになった敵の鼻先をかすめたようだ。ぴっと皮膚を削ぐような音が耳に届いた。

くっ、と奥歯を嚙み締めたような音が闇の向こうから発せられた。脇差が届いたのは確かなようで、敵はどうするか迷ったようだ。まだ攻撃を続けるか。それとも、いったん引くか。

敵は後者を選んだようだ。かすかに土がにじられる音がしたが、それきり賊の気配が消えた。

だが、むろん油断はできない。姿を消したと思わせ、また攻撃を仕掛けてくるかもしれない。しばらく佐之助は脇差を構えたまま、闇にじっと瞳を光らせていた。

ふう、と息をついた。脇差を鞘にしまう。振り返って、喜知右衛門を見る。

「怪我はないか」

「は、はい、おかげさまでどこにも」

喜知右衛門の声は少し震えている。

「倉田さまは」

ふっと佐之助は笑った。

「俺は大丈夫だ。傷一つ負っておらぬ」

「倉田さま。今の男はもう襲ってはきませんか」

「ああ、おそらく今夜は大丈夫だろう」

よかった、と喜知右衛門が息をつく。

「それにしても倉田さま、今の男が持っていたのは、いったいなんなんですか。すごい音がしていましたが」

佐之助は軽く首をひねった。

「こん棒かな。金棒かもしれん。その類のものであるのは紛れもなかろう」

「こん棒、金棒でございますか。——倉田さま、どうもありがとうございました。倉田さまのおかげで救われました」

喜知右衛門が深々と頭を下げる。

「これが仕事だ」

佐之助は素っ気なくいった。

「家に入るぞ」

「は、はい」

佐之助は警戒しつつ、喜知右衛門の家までの最後の五間を進んだ。喜知右衛門が戸の錠をあける。それを見る限り、留守中に家に入りこんだ者はいないと思えるが、忍びこもうとする者が表口を選ぶとは思えない。

佐之助は土間に立って、家のなかの気配をうかがった。賊が息をひそめているような気の乱れは感じられなかった。

「いいぞ」

佐之助は背後の喜知右衛門にいった。はい、といって喜知右衛門が雪駄《せった》を脱ぎ、廊下にあがる。廊下の隅に行灯《あんどん》が置かれている。それに火を入れながら、喜知右衛門が太いため息を漏らした。点《つ》けたばかりの行灯の火が消えてしまうのではないかと思えるほど盛大なため息だ。

「倉田さま、いやはや、びっくりいたしましたよ」

さすがに喜知右衛門は青い顔をしている。廊下を歩きだし、居間に向かう。少し足元が覚束ない。

「これでしばらく散歩は控えようという気になったか」

佐之助は背中に声をかけた。喜知右衛門が佐之助を振り向く。

「はい、賊が成敗されるまで、やめようと思います」

「それがよかろう」

佐之助はうなずいた。

「番所に届けはだすのか」

喜知右衛門が居間の腰高障子をあけた。

「はい、だそうと思います。一度目は手前の算段でなんとかしようと思っていましたが、もう手に負えません。誰が狙っているのか、御番所の方々に引っ捕らえてもらい、はっきりさせなければ」

そうか、といって佐之助も居間に入った。番所の者ではまず当てにならんな、と思うが、ほかにどうすることもできない。自分が動ければと思うが、今の状況でそれはできない。

潰れた山崎屋のことも合わせ、調べてみたかったが、自分一人ではいかんともしがたい。直之進がいれば、と思ったが、ない物ねだりでしかない。

「さっきの賊だが、この前襲ってきた男と同じか」

喜知右衛門が考えこむ。

「それが手前にはわかりません。今宵の賊は、ほとんど見えませんでしたから。しかし得物はまったくちがいましたね」

同じ者が襲ってきたのかもしれない。最初は喜知右衛門一人だから匕首で十分と判断した。しかし、二度目は用心棒がつき、それが手練であることがわかり、自分の得手の得物を用意した。男の動きは目にもとまらぬほど速かった。その速さは、最初に匕首で襲ってきた者に通ずるものがある。

それにしても、妙な得物を使う男だった。しかも遣い手だった。自身の腕のように自在に操っていた。

また襲ってくるだろうか。それはまずまちがいない。

そうであるなら、あの得物に対する備えをしなければならない。刀も手に入れなければならなかった。

せっかく直之進にもらった刀だったのに、申しわけないことをした。

しかしわけを話せば、あの男なら笑って許してくれるだろう。

佐之助は居間の壁に背中を預けて座りながら、心中で苦笑した。

どうしてか、湯瀬直之進の顔を無性に見たくなっている。ともに酒を酌《く》み交わしたい。

さぞうまかろうな、と佐之助は一人、喉を鳴らした。

三

「女将さん、買物に出かけたいのですが」

廊下に控えて建吉は、一色屋の女将である幾代に許しを求めた。奉公人には自由はなく、外出もままならない。いちいちあるじに許しをもらわなければならないのである。うっとうしいの一語に尽きる。とっとと仕事を終わらせて、こんなところから一刻も早くおさらばしたい。

「どのくらい出るの」

幾代がか細い声できく。

「できるだけ早く帰ってまいりますが、一刻ばかりいただけたらと存じます」

「買物というと、食材を買ってくるのね」

「さようです」

「あまり寄り道せずに、できるだけ早く帰ってきてくださいね」

「承知いたしました」

子供のお使いみたいなことをいわれたが、建吉は元気よく答え、幾代をじっくりと見た。よし、と心のなかでつぶやく。うまくいっている。

「では、行ってまいります」

「行ってらっしゃい」

一礼して建吉は立ちあがり、廊下を歩きだそうとした。

「ああ、建吉さん」

幾代に呼びとめられた。

「今日の朝餉もとてもおいしかったわ。特にお味噌汁。わかめと豆腐だけなのに、どうしてあんなにおいしくなるの」

建吉はにこりとした。

「秘術をつかっているんですよ」

あらためて廊下を歩きはじめる。台所に降り、板戸を横に滑らせて裏庭に出た。小さな敷石を踏み、塀に行き当たる。裏口の戸をあけ、体をかがめてのっそりと路上に立った。

穏やかな大気に体が包まれる。肩をそびやかしてから、足を踏みだした。

さすがに日本橋だけのことはあって、裏口側でも大勢の人が行きかっている。道はそんなに広くはないから、ちょっと油断すると、すぐに肩がぶつかりそうだ。むろん、建吉がそんなへまを犯すことはない。

それにしても、と建吉は思った。若い頃はさぞ美しかったのだろう。

それは、娘の皆代を見ればよくわかる。二つ上に智代という姉がいるらしいが、それも皆代に劣らない美しさだという。建吉は年上の女が好みで、色気が果汁となってしたたっているような女がたまらないと思うのだが、小便くさいような年頃の娘でも、美しい女というのは見ているだけで心楽しくなるものだ。一度、じっくりと智代の顔も拝見してみたかった。

そんな不埒なことを考えつつ、建吉は足を急がせた。昨日は曇天で、風がひどく冷たく寒かったが、今日は一転、小春日和であたたかい。上空には小さな雲がちらほらと見受けられるだけで、のどかな陽射しをさえぎるものは、ほとんどなかった。春と勘ちがいしたか、雲雀《ひばり》が高いところで鳴いている。

大川に架かる新大橋を渡る。眼下の流れには、この陽気に誘われたか、多くの船がゆったりと動いていた。荷船が多いが、なかにはどこか遊山に出かけるらしい一団を乗せた船もいくつか見える。

建吉は深川に出た。道を大川沿いに北上し、向島を目指す。もう少し近いところに別邸を建てればいいのに、と思うが、やはり金持ちというのは風光明媚なところに憬《あこが》れるのだろう。

向島には武家の下屋敷だけでなく、富裕な町人たちの技巧と贅《ぜい》を尽くした別邸が数多く建っている。

日本橋から急ぎ足で半刻近くかけて、ようやく別邸に着いた。門はおおきくひらかれている。門番がいたが、建吉の顔を見ると、小さくうなずき、なにもいわずになかに通した。

敷石を踏んで進むと、戸口に突き当たる。ここもあいている。建吉は草履《ぞうり》を脱ぎ、遠慮することなくあがった。

薄闇に沈んでいるような廊下を歩くと、不意に目の前が明るさに包まれた。廊下が切れ、濡縁としてそのまま続いている。日が明るく射しこむ庭側の座敷の前に、建吉はやってきた。

「おう、やっと来たか」

この別邸のあるじである草薙屋《くさなぎや》重三《じゆうぞう》が厚い座布団に座っていた。

「遅れて申しわけない」

「いや、別に遅れてなんかいないよ。約束通りの刻限だ」

建吉は重三の向かいを見た。そこには優男の安三郎がいて、あぐらをかいている。建吉は、よっこらしょといって安三郎の横に腰をおろした。

「どうした、その鼻の布きれは」

鼻に膏薬のにおいがする布きれを貼っているのだ。

「聞くな」

安三郎がぶっきらぼうにいった。不機嫌そのものだ。

こいつは、と建吉は思った。

しくじりやがったな。

安三郎の生業は殺し屋である。昨晩、喜知右衛門を襲ったはずだが、凄腕の用心棒に返り討ちにされて、鼻を切られたのだろう。安三郎ほどの手練が失敗するとは、やはり倉田佐之助という男はとんでもない遣い手なのだ。山形屋から引きはがして正解だったのである。

もともと自分たちに、喜知右衛門を襲う必要はないのだ。喜知右衛門も承知の上だ。それを、どうしても佐之助の腕を見てみたいと安三郎がいったのである。やめておいたほうがいい、と建吉は忠告したのだ。山形屋から佐之助を引き離すことに成功した以上、それで十分だった。

しかし、必ずやつを屠《ほふ》ってみせると安三郎は大言した。それがこのしくじりにつながったのである。自業自得といえないこともない。

もっとも、一度は喜知右衛門を襲ってみせないと、佐之助が狂言ではないかと怪しまないとも限らないので、昨晩の襲撃はむしろ行ってよかったのだ。これで佐之助は、喜知右衛門が本当に狙われていると信じたにちがいない。

「ところでどんな様子だい、鍵吉」

重三が身を乗りだし、声をかけてきた。重三が営む草薙屋は呉服屋の大店だけに、身にまとう着物はいつも極上のものばかりだ。今日も最上の絹だけが使われた羽織を着こんでいる。

「いや、今は建吉か。おまえもいろいろ名があって忙しいね。建吉に金吉、鍵吉。自分でもどれが本名か、忘れてしまうのではないかい」

建吉はにやりとした。ほかの者ならこの笑いを見せると、びくりとするが、重三は慣れたもので、表情は変わらない。

「そんなことはない。『建』と『金』を合わせると『鍵』という字になるからな。鍵吉が本名ってわけだ」

「ああ、そういうからくりだったのかい。初めて知ったよ。わしとしたことが、うっかりしていたものだ」

重三が笑い、軽く首を振ってみせた。

「それで一色屋のほうはどんな様子だい。早くきかせておくれ」

「もちろんうまくいってるさ。さっき女将の顔色を見てみたが、ひどいもんだ。ありゃ病人そのものだぜ。食い気だけは相変わらずだがな。おそらく、あと一両日中に倒れるんじゃないか」

「ほう、それは重畳《ちょうじょう》。順左衛門のほうはどうだい」

「あるじも同じだ。女将に劣らず顔色は悪くなっている。あれも女将と同じ頃に倒れるに決まっている」

「頼むぞ、建吉」

「ああ、まかせておけ。おまえさんがくれた薬、ありゃよく効く。このまま飲ませ続けりゃ、ころりってことだ」

「まさかと思うが、皆代には飲ませてないだろうね」

「もちろんだ。元気なものさ」

建吉は目を転じて安三郎を見た。

「おめえさんはどうなんだい」

「うまくいっているさ。まったく小うるせえ娘で、なかなか体は許そうとしないがな」

「なに手こずっているんだ。珍しいじゃないか。あんな十六の娘など、こますのはお手の物だろうに」

「そうなんだが、ちと今までの娘とはちがうようだ。だが、まかせておけ。必ず目論見通り、順左衛門夫婦亡きあと、皆代の婿におさまってみせるから」

「殺し屋は廃業か」

「殺しをせずに暮らしていけるのなら、そのほうが楽に決まっている」

「一色屋の持ち主はわしだよ」

割りこむように重三が口をだしてきた。

「わかってるさ」

少し煩《わずら》わしそうに安三郎がいう。

「あんたの夢は日本橋に店をだすことだったな」

「それだけではない。あの店は是非ともせがれに与えてやりたいんだ」

重三には二十歳になった息子がいる。あまり出来のよくない息子ではあるが、重三はかわいくてしようがないようだ。不出来の子ほどかわいいというのは、真実らしい。あんな馬鹿息子でも、一色屋ほどの立地にあれば、なにもせずとも商売はうまくまわってゆくにちがいない。

わかっているさ、と安三郎がうなずく。

「別に俺はお飾りでいい。安穏な暮らしが送れればいいんだ」

その鼻を皆代にどう説明するんだ、と建吉はききたかったが、黙っていた。殺し屋だけに怒らせると、ちと怖い。

「早いところ、山形屋の始末をつけてもらわねば困るぞ」

建吉は安三郎にいった。

「わかっているさ。そちらはもういつでもやれる。あの倉田がそばにいなきゃ、たいしたことはあるまい」

「平川琢ノ介はしつこい剣を遣うようだぞ。気をつけろ」

「わかっている。決して油断はせぬ。しかし、平川は倉田とはくらべものにならぬのだろう。だったら、大丈夫だ。やれるさ。俺にまかせておけ」

安三郎が胸を叩くようにいった。

草薙屋の別邸をあとにした建吉は、大川沿いを南にくだり、深川佐賀町までやってきた。大川近くの茶店に入った。茶店にしては広いが、あたたかいせいもあり、けっこう混んでいる。

見まわすと、力造は人があまりいない北側の縁台にちょこんと座っていた。竹が伸びるように勢いのある商売をしている山形屋の番頭にしては、ずいぶんと小さく見えた。もともと小柄だが、ここ一月《ひとつき》のあいだに、また背が縮んだのではあるまいか。

建吉は同じ縁台に、背中合わせになる形で座った。注文を取りに来た娘に、茶と団子《だんご》をくれるようにいった。少々お待ちください、といって娘が遠ざかってゆく。

「どうだい、調子は」

建吉は低い声で力造にきいた。力造がいまいましそうに返す。

「いいわけがない。毎日、まな板に横たわってる気分だ」

そんなに切羽詰まっているのか、と建吉は思った。それも致し方あるまい。この男は大金を使《や》いこんでいるのだ。

「自分で殺ろうとは思わないのか」

「なにをいってるんだ。俺に人殺しができるわけないだろう」

「小心者であるのは、はなから知っているが、その気になれば、人を刺すのなんか、たやすいものだぞ」

建吉は源助を殺したときのことを思い起こした。何者かにつけられているのに気づいたのは、蕎麦屋を出てほんの二町も行かなかったときだ。それから一町ばかり進んで、源助であることに気づいた。

源助につかまれば、今度は死罪をまぬがれない。撒《ま》くのはたやすかったが、ここは口をふさいでおかねばならなかった。金吉が焼死したと、源助が耳にしていたらどうなる。

源助と山形屋のつき合いは長い。四年ほど前に山形屋を放逐された金吉と、鍵吉が同一人であることは百も承知だ。その金吉が生きていることを源助は知ってしまった。ここはどうあっても、始末しなければならなかった。

それでさんざん引っ張りまわした末、源助を下雑司ヶ谷町の路地に誘いこんだ。懐にあった般若の根付をわざと落とし、すばやく塀にあがった。般若の根付に源助が気づき、拾ったそのとき、匕首をきらめかせて塀を飛びおりた。

源助の背中は丸見えで、どこに匕首を入れればよいか、はっきりとわかった。

手応えはなかった。まるで豆腐に匕首が入ったみたいだった。源助は悲鳴一つあげず、前のめりに倒れこんだ。匕首を抜くと、血が噴きだした。それを浴びないように後ずさる。

源助は般若の根付を手のうちに握りこんでいたが、それを取り戻そうという気にはならなかった。般若の根付など珍しいものでもないし、あれは縁日の出店で冷やかしついでに買ったものでしかない。あの根付から足がつくことはあり得なかった。

源助の死骸はそのままに、誰にも見られていないのを確かめて、建吉はその場をあとにしたのである。

「おい、きいているのか」

いきなり力造の声が耳に飛びこんできた。苛立ちをはらんだ声だ。少し高くなっているが、このくらいならまだ他の者には届くまい。

「ああ、きいているさ」

建吉は力造に顔を少しだけ向けた。

「女は元気なのか。おまえさんを夢中にさせた女だ。まあ、元気だろうな。あの女はいつも大きな声をあげるらしいからな」

「そんなことはどうでもいい。俺に旦那、いや、康之助を殺せるわけがないって、いってるんだ。とにかく早く始末してくれないと、身の破滅なんだぞ」

大きくなりそうな声を、力造は必死に抑えこんでいる。

「わかっている。すでに手は打ってある」

建吉は余裕の笑みを浮かべた。

「いったいいつなんだ」

「すぐさ」

低い声ではあるが、建吉ははっきりと力造に伝えた。

「今日にでも山形屋康之助は、あの世の住人になるかもしれんぞ。力造さんよ、楽しみに待っておくことだ」

四

料亭、料理屋の類を虱潰《しらみつぶ》しにするといっても、この広い江戸にはいったいいくつその手の店があるものなのか。

富士太郎と珠吉の二人で、鍵吉の人相書を手にききこんでゆくというのはまず無理だろう。万に一つの幸運が降ってくれれば、鍵吉を見つけることができるだろうが、そんな幸運は、はなからないものと思ったほうがよい。

では、どうするか。富士太郎は町奉行所の大門の下で思い悩んでいる。まだ珠吉は来ない。今日も少し早く来すぎてしまった。

鍵吉を見つけだす、なにかうまい手立てはないものか。料理というのが、なにか示唆を与えてくれないものか。

考えてみれば、どうして鍵吉はそれだけの腕を誇っているのか。血ということなのか。だとして、父親からその血は受け継いだということか。

天才といえるだけの血を受け継いだのに、どうして料理人になろうとしなかったのか。なぜ宝の持ち腐れとなるのを知りながら、関係ない道を選んだのか。父親がきらいだったから。そういうことになるのか。

子がどうして父親がきらいになるのか。母親と仲が悪く、喧嘩ばかりしていた。母親と自分を見捨てて、家を出ていった。別の女に夢中で、母親と自分をほとんど顧みることがなかった。母親と自分にひどい乱暴をはたらいた。

理由としてはこれくらいだろうか。もっとあるかもしれないが、富士太郎は考えつかなかった。

しかし、これだけでは、手がかりにつながりそうにない。なにかほかの手立てで、鍵吉の居場所にたどりつかなければならなかった。やはり日本橋界隈を当たるべきなのか。しかし人の縄張というのは気が引けるものがある。その上、なにもつかめないような気がしてならない。

そんなことを思っていると、珠吉が速い足取りでやってきた。今日も先に富士太郎が来ていることに、驚きの顔をつくる。駆けてきて、富士太郎の前でとまる。

「どうしたんですかい。あっしは昨日よりずっと早く中間長屋を出てきたんですよ。それなのにまた先を越されちまうなんて」

「ああ、いや、今日も早く目が覚めちまったからね。幾分か早く出てきたんだよ」

「なにかあったんですかい。目がちと赤いですぜ」

「悪い夢を見て、ちょっと泣いてしまったんだよ」

「泣いたって、どんな夢ですかい」

「悪者が出てきたのさ。珠吉には話さなかったけど、おいら、このあいだ鍵吉の夢を見たんだよ。それで早く目が覚めちまってさ。そうしたら、またあの男、出てきやがったんだよ」

「鍵吉が出てきたから、旦那、泣いたんですかい」

「いや、そうじゃないよ。あの男、おまえさんのいちばん大事なものをいただくよ、といって智ちゃんを……」

珠吉が声をひそめる。

「まさか智代さんを殺したんじゃないでしょうね」

「実はそうなんだよ。もちろん、夢のなかだけどね。おいらは智ちゃんの遺骸を前に、わんわん泣いちまったんだよ。夢のなかで泣いたんだと思っていたけど、起きたら目が濡れていたからびっくりしたよ」

「おしっこは大丈夫だったんですかい」

「ああ、そっちはね。もうちっちゃい子じゃないからね」

「そいつはよかった。あっしは何度も旦那のおむつを替えたことがあるんですけど、旦那はよくお漏らしをしたもんですから」

「それはまた迷惑をかけたね」

「いや、なんでもありませんよ。いい思い出ですから。しかし、またいやな夢を見たものですねえ」

「そうだろう。まったく夢にまで出てくるなんて、いやな野郎だよ」

「とっ捕まえれば、きっと二度と出てこなくなりますよ」

「そうだろうね。はやく捕まえないとね。きっとまたどうせなにか悪さを考えているにちがいないんだ。鍵吉というのは、悪さなしでは生きられない、そういう男に思えるからね」

「そうかもしれないですね」

珠吉が相づちを打つ。

「旦那、それで今日はどうしますかい。料亭なんかを虱潰しに当たってゆくんですかい」

「昨日はそうするつもりでいたんだけど、どうもそんなのは芸がないねえって思うんだよ。なにか別の手立てで鍵吉に近づけないかって考えたんだけど」

「いい手立てが浮かびましたかい」

「それが駄目なんだよ」

「さいですかい」

「やっぱり料理のほうから近づきたいとは思っているんだ。それで、類《たぐい》まれな料理の才能を持ちながら、どうしてそっちに進まなかったのか、考えたんだけど」

富士太郎は、父親の血を受け継いだことを語り、それから父親のことがひどくきらいだったのではないか、という推測を述べた。

「鍵吉という男のひねくれ具合からして、そういうことがあったとしても、不思議はないでしょうねえ。それで」

珠吉が先をうながす。

「いや、そこでおしまいさ。思案がとまっちまったんだよ」

「ああ、さいですかい。そいつは残念だ。料理人の血か……」

「ああ、そこからなにか手がかりがつかめないかと思ってね。事件にでもなってりゃ話は早いんだけどねえ」

珠吉がなにか思いだしたような顔つきになった。宙の一点を見据える。

「あれは確か……」

「どうかしたのかい、珠吉。なにか心当たりがあるのかい」

「旦那、申しわけありませんが、ちょっと黙っておくんなさい」

「ああ、すまなかったね」

富士太郎はぴたりと口を閉じた。珠吉はうなり声をあげるような顔つきで、しきりに考えこんでいる。富士太郎は珠吉がなにか思いだしてくれることを祈るような気持ちで見守った。

ぱっと珠吉の目が輝く。

「思いだしましたぜ、旦那」

「なにを思いだしたんだい、珠吉」

富士太郎は勢いこんできいた。

「料理人が起こした惨劇ですよ」

「それはいつのことだい。どんなことが起きたんだい」

もう二十年近く前のことで、珠吉が富士太郎の父親に仕えていたときである。

ある料亭につとめる腕利きの料理人には、女房と幼子がいた。

しかし、江戸でも屈指の腕利きと評判の料理人に新しい女ができた。できれば、今の女房と別れ、この女を女房にしたかった。新しい女は妾というのでは納得しなかった。ちゃんと一緒になってほしいと料理人に懇願した。

女がかわいくてならない料理人は意を決して自分の家に戻り、女房と話し合いを持ち、別れてほしいと告げた。だが、女房は首を縦に振らなかった。その場は黙って引き下がったが、料理人は女房の決意が岩のように固いのを見て取っていた。

それで数日後、この前は妙なことをいってすまなかったと謝り、女房と一緒に味のよいことで評判の料亭に夕餉を食べに行った。せがれも一緒だった。せがれはそのとき十四、五だった。

夕餉が終わると、外はすっかり暗くなっていた。少し酔っ払ったから風に当たりたいといって、料理人は人けのない河原に女房と子を連れだした。まず女房を包丁で刺し殺した。せがれも殺そうとしたが、せがれは気づいて逃げまわった。せがれの叫び声をきいて、人が集まってきた。それを見た料理人はあわてて逃げだそうとしたが、あっさりと捕まり、その後、獄門になった。

料理人は、女房と子が心中したように見せかけるつもりでいたと、取り調べの際に白状した。

その後、一人残された男の子の消息は知れないという。

「まさか、その子が鍵吉というんじゃないだろうね」

「そのまさかですよ、といいたいところですが、正直あっしもその子の名までは覚えていないんですよねえ。しかし、今から二十年ばかり前のことですから、今の鍵吉の歳に符合しますよね」

「うん、そうだね。鍵吉は三十四だものね」

富士太郎はしばし考えた。

「おいらは、その子が鍵吉のような気がするよ」

「実はあっしもです」

「料理人の父親におっかさんを殺され、自分も殺されかけた。そりゃ、料理人になりたくないだろうね」

「鍵吉は自分に流れる血をむしろ呪っていたんじゃないですかね」

「そうかもしれないね。よし、珠吉、その事件のことをちょっと調べてみようじゃないか」

「合点承知」

「珠吉、こいつはすごいお手柄かもしれないよ」

「それは、鍵吉を捕まえたら、ということにしましょう」

「珠吉がそういうんなら、それでいいよ。ところで珠吉、その料理人がどこに住んでいたか、覚えているかい」

珠吉がうつむいて頭をかく。

「いえ、それがさっぱりなんですよ。さっき一所懸命思いだそうとしたんですけど、駄目だったんです。やっぱり歳は取りたくないですねえ」

「いや、二十年も前のことだから仕方ないよ。誰だって思いだせないさ。だったら、珠吉、ちょっと待っててくれるかい。その事件のこと、例繰方《れいくりかた》にきいてくるから。昔の事件には、ものすごく詳しい人たちばかりがそろっているからね」

富士太郎は大門の下を抜け、奉行所の建物のなかに入った。例繰方の元へ行く。例繰方とは、昔の事件がどういう始末になったか前例を調べ、今の事件にどんな裁きをくだせばよいか、調べる部署をいう。

さっそく、二十年前の料理人の事件について、例繰方の高田《たかだ》観之丞《かんのじょう》という四十絡みの男にきいてみた。

「ああ、それか。それならよく覚えているぞ。心中に見せかけるなんて、そうたやすくできることではないんだ」

観之丞は書庫のほうに消えたが、すぐに一冊の留書を持って戻ってきた。

「ほら、ここに書いてある」

指をはさんでいたところを、静かにひらいてくれた。

ありがとうございます、といって富士太郎はさっそく目を落とした。

珠吉が口にしたことがほぼその通り記されている。料理人の名は全吉《ぜんきち》、女房の名はおさと、そして子の名は錠吉《じょうきち》だった。

あれ、鍵吉じゃないね。

しかし、と富士太郎はすぐに思い直した。錠に対して鍵かい。やっぱりこの錠吉は鍵吉じゃないのかな。うん、まちがいないよ。こいつは鍵吉さ。

全吉一家の住みかがどこだったかを富士太郎は最後に見た。それを帳面に書き留める。ちゃんと合っているか、確かめたのち、富士太郎は顔をあげた。そばにいた観之丞と目が合った。

「どうだ、うまくいきそうか」

「ええ、助かりました。きっとうまくいきますよ」

「うん、富士太郎、がんばってこい。わしら例繰方はともに町を駆けまわることはできぬが、いつも心は一緒に走りまわっているからな」

「ありがとうございます」

富士太郎は深々と頭を下げ、留書を観之丞に返した。珠吉の待つ大門に急ぎ足で向かう。

大門で珠吉に、留書にどういうことが記されていたか、伝えた。

「錠吉ですかい。やっぱり鍵吉と考えていいんですかね」

「今はそういうふうに考えるべきだろうね。珠吉、さっそく行こうか」

「ええ、まいりましょう。行き先は駒込肴町《さかなまち》でしたね」
珠吉が張り切って前に立つ。富士太郎は、頑健そのものの背中を見つめながら、よしやってやるよ、と決意を新たにしていた。

駒込肴町は、中山道《なかせんどう》の本郷追分の近くに位置している。

道が二つに分かれる分岐のことをいう。本郷追分は、中山道と岩槻街道の分岐となっている。左に行けば中山道である。右に行く岩槻街道は、その後、日光御成道《にっこうおなりみち》となる。

錠吉の父親である料理人の全吉は稼ぎがよかったらしく、持ち家で暮らしていた。その家は全吉一家がいなくなった今も、しっかりと残っていた。なかなか広い家で、優に五部屋はありそうだ。門も屋根付きの立派なものだった。なにも知らない様子で、裕福そうな一家が暮らしていた。

富士太郎と珠吉は、その家の近所で聞き込みを行った。特に二十年以上前からこの地で暮らしている者に的をしぼった。

錠吉のことを覚えている者は多くはなかったものの、確実に何人かいた。誰もが口をそろえたのは、錠吉は幼い頃から悪いやつだったというものだ。

手癖が悪く、人をだましてばかりいた。それなのに、どうしてか町の飲み屋の女などにはとてもかわいがられた。女たちはみんな、錠吉を評して、どうも憎めないのよねえ、などとよく話していたという。

両親を失い、一人きりになった錠吉がこの町からどこへ行ったのかきくと、近くの寺に入ったとのことだ。寺の名は感斎寺《かんさいじ》といったが、もうとっくにないという。住職が病死したのち、廃寺になったそうだ。

もともと檀家が少なく、台所事情はかんばしくない寺だった。そこには錠吉たちの先祖の墓があったが、本堂や庫裏だけでなく、墓も撤去されて、きれいに更地にされたあと、今は何軒かの家が建っているとのことだ。

錠吉が感斎寺にいたのは、三年ばかりだったという。住職の死とともにこの駒込肴町にまた舞い戻ってきて、悪さをはじめたのだ。この町には、そのとき錠吉と一緒に悪さをした者が今も何人かいるそうだ。ひったくりや盗み、恐喝を繰り返していたが、町奉行所の手先に加わるなどして、うまく立ちまわり、捕まることはなかった。

今はいずれも更生しており、まじめに働いている者ばかりだ。職人に商人、大工などである。

大工ときいて、ぴんときた富士太郎はさっそくその者に会った。駒込肴町から西へ八丁ばかり行った小石川原町の普請場にいた。芳兵衛《よしべえ》という男で、歳は三十半ばといったところだろう。ほぼ鍵吉と同じといってよい。

「おまえさん、秀五郎さんという大工の棟梁を知らないかい」

「ええ、知っていますよ」

　暗い顔で答えた。

「いま行方知れずになっていると仲間からきいています。あっ、もしや見つかったんですかい」

「いや、まだだよ」

富士太郎は答え、芳兵衛にやわらかな視線を当てた。

「おまえさん、錠吉という男を知っているかい」

「ええ、知っています。今なにしているかは知りませんけどね。もうだいぶ前に切れているんで」

「秀五郎さんと錠吉は、知り合いだったのかい」

「ええ、あっしも一緒になってよくつるんでいましたよ。あれは、あいつが名を変えたあとか。感斎寺という寺からこの町に戻ってきたとき、錠吉はどうしてか、これから俺のことは鍵吉と呼びなっていったんですけど、秀五郎はそのあと何年かしたあとに、仲間に入ってきましたね」

富士太郎と珠吉の表情が変わる。

芳兵衛がふっと息をつく。

「秀五郎は仲間たちのなかでは一番若かったんですけど、度胸もあって喧嘩はとてつもなく強かった。でも、結局は錠吉に嫌気が差して、あっさりと仲間から外れてゆきましたね。一年も一緒にいなかったんじゃないでしょうか」

芳兵衛の話をきき終えて、富士太郎は珠吉と目を見かわした。二人は同じことを思っていた。

やはり金吉の身代わりに死んだのは、秀五郎さんだ、と。

芳兵衛に礼をいって、富士太郎と珠吉は普請場を離れた。

「ねえ、珠吉。鍵吉が秀五郎さんを身代わりに選んだのはどうしてかな」

どこへという当てはなかったが、なんとなく歩を進めながら富士太郎はたずねた。

「あっしは、鍵吉が許していなかったのではないかと思いますよ」

「許していなかったというと」

「見限ったことですよ」

「ああ、仲間から離れたことかい」

「ええ。秀五郎さんはたった一年足らずで鍵吉たちと別れた。そのごろつきのようだった男は、鍵吉の知らないあいだにいつの間にか大工の棟梁にまでなっていた。しかも女房に二人のかわいい娘もおり、幸せな暮らしを営んでいる。くらべておのれはどうか。昔のまんま、つまらないことをしては、世間に逆らって生きている」

珠吉が空を見あげた。富士太郎もつられた。小さな雲がゆっくりと北へと流れてゆく。

「別人になった秀五郎さんを偶然見たのか、とにかく鍵吉のなかで、ねたましさが雲のようにわきあがってきた。ちょうど身代わりを捜していた鍵吉は、背格好の似ている秀五郎さんにその役目をさせようと決意した。あっしはそういうことなんじゃないかって思いますね。鍵吉という男は、世間に苛立っているところがあるような気がします。ねたみで秀五郎さんを殺すくらい、平気でやりそうな気がしますよ」

なるほどなあ、と富士太郎はいった。珠吉のいう通りのような気がする。

「それで旦那、これからどうしますかい」

「そうだね。山形屋さんに行こうかね」

「どうしてです」

「あの店は一時、鍵吉を雇っていただろう。山形屋さんは、鍛えればよい商人になるといってたけれど、なんのために雇ったのか、詳しいことは聞き漏らしてしまったからね。料理が得手なら、料理人として雇ったのかなあとも考えたんだけど、どうかな」


山形屋は平穏そのものだった。静かだが、わずかに活気めいたものも感じられた。この店は今もぐんぐんと商売を広げているのだ。やり手で知られた康之助の指揮のもと、まだまだ売上を伸ばしているにちがいない。

刺客の気配はまったく感じていないのか、琢ノ介も穏やかな表情をしている。しかし、目に宿した光は鋭く、片時も気をゆるめていないのは、富士太郎にもわかった。

「倉田どのはいないんですか」

富士太郎は琢ノ介にたずねた。

「ああ、今日はおぬしを避けているわけではない。あいつはほかの依頼主のところへ移ったんだ」

「じゃあ、今は別の人の用心棒をつとめているというわけですか。平川さん、心細くはないんですか」

「心細いに決まっておろうが。大きな声ではいえんが、あいつがいるのといないのとでは、あまりにちがいすぎて、実際のところ、わしは呆然としているんだ」

新しい用心棒が三人いるのがわかったが、その三人より佐之助一人にいてもらったほうが、ずっと心強いのは富士太郎にもわかる。

奥の座敷に通された富士太郎と珠吉は山形屋康之助に会い、鍵吉についてさっそく話をきいた。

「ああ、あれはちょうど商売を広げようとしているときで、人手がほしかったんですよ。前にもお話ししましたが、それで募集をかけて、鍵吉を採用したというわけです。そのときは金吉と名乗っていましたが」

「仕事はなにをしていたんですか」

「物件を探す役目ですよ」

「お客に周旋するための土地や家屋を探すということですか」

「さようです。周旋するものがなければ、この商売は成り立ちませんからね」

「鍵吉の働きぶりはどうだったのですか」

「悪くはありませんでしたね。仕事を覚えようとする態度は、熱心の一言でした。しかし仕事を覚え、奉公人としてはこれからというときに使いこみがばれ、放逐という仕儀になったのです」

「確かこちらに奉公していたのは、半年ばかりでしたね」

「さようです。とても短かったですね。どうして金吉はあのような端金《はしたがね》を使いこんだのか、手前にはさっぱりわかりません。手前の性格を知り尽くした上で、放逐されるよう仕向けた感じも否めません。こちらにすれば、渡りに船でしたがね」

「それはつまり、わざと、ということでしょうか」

「ええ、そういうことです。いま考えると、仕事を覚えるだけ覚えて、金吉はさっさとこの店を出ていったという気がしないでもないのです。急速に伸びはじめている店がどんな手法を使っているのか、調べるのは、なかに入るのが最も手っ取り早いですから」

そうか、周旋のやり方を覚えるために入りこんだのか。

「実際、金吉は同業の他の店から送りこまれたのではないか、と手前は疑ったこともあります」

「送りこんできたところがどこか、わかりましたか」

康之助が悔しそうに首を横に振る。

「いえ、わかりませんでした」

「見当もつきませんでしたか」

「もちろん、そうではないかと疑ったところはあったのです。しかし、こちらの調べでは、関係ありませんでした」

富士太郎と珠吉は康之助に礼をいい、琢ノ介に別れを告げて、山形屋を出た。

周旋か、と歩きながら富士太郎はつぶやいた。金になることに群がるのは、人の習い性ともいってよい。もし鍵吉が他の同業者から送りこまれたとしたら、今もその店とはつながりがあるのだろうか。

鍵吉自らが周旋という仕事に乗りだしていないのは、まずまちがいない。やはり誰か他の者に山形屋の手法を伝えるために、康之助のもとにもぐりこんだのだろう。

それはいったい誰なのか。残念ながら、山形屋の調べでは、それはわからなかった。それを自分たちが暴《あば》くことができるだろうか。できないわけがない。いっては悪いが、康之助は素人《しろうと》でしかない。こちらは探索をもっぱらにしている者だ。探索の力はこちらのほうがずっと上だろう。

山形屋さんはどこまで調べたのだろうか、という疑問が富士太郎の脳裏に不意に浮かんできた。山形屋自体、口入稼業を本業にしながら、裏で土地や家屋の周旋を行っている。そういう店は、ほかにないのだろうか。ないはずがない。この広い江戸にはいくらでもあるのではないか。

そういう店も、康之助は調べたのだろうか。調べたのだろうが、すべてというわけにはいかなかったのではないか。裏で周旋の商売をやられたら、調べようにも調べようがないのではないか。

「旦那、あっしはちょっと気になっていることがあるんですが」

うしろから珠吉がいってきた。

「うん、なんだい」

富士太郎は振り向いた。

「周旋のことが出たんで、ふと思いだしたんですけど、西村道場のことなんですよ」

「ああ、西村京之助さんが営んでいた道場のことだね。それがどうかしたかい」

「焼け落ちた道場があったところが、更地になっていたじゃないですか。そこに杭が打たれ、縄が張られていた。あれはいったい誰がやったんですかい」

考えてみればその通りだね、と富士太郎は思った。西村京之助の前は明智三五郎という者が所有しており、それを京之助が継いだのだ。京之助の妻子は火事で焼け死んでいるから、継ぐ者は一人としていないはずなのに、珠吉のいう通り、杭が打たれ、縄が張ってあった。いったい誰があのようなことをしたのか。

闕所物《けっしょもの》奉行という役職がある。罪に問われ、獄門や死罪、江戸払いになった者の土地や家屋を取りあげ、売り払うことを役目としている。西村京之助も山形屋康之助を殺そうとして、用心棒に傷を負わせるなどの罪を犯した。それで闕所物奉行が動いたということか。あの土地は、すでに売却先が決まっているのだろうか。杭を打ち、縄を張ったのは、土地を闕所物奉行から買った者なのか。

闕所物奉行に話をききたいが、大目付の差配のもとにあり、むろん一面識もない。千代田城内に役所が設けられているはずだが、城内というのは町方同心には敷居が高すぎる。情けない、これで町奉行所一のがんばり屋なのかという忸怩《じくじ》たる思いもないわけではないが、とても行く気はしない。

これは、杭打ちをした者にじかに話をきくほうがずっと早い。
富士太郎は珠吉をうながし、小石川片町に向かった。

第四章

一

一時は繁くあった寄合も、ここしばらくは絶えてない。

琢ノ介が守る山形屋康之助は、このところあまり他出せず、部屋にこもって分厚い帳簿と格闘している。そのさまは、城内の政庁で仕事に励む事務方の侍にそっくりだ。

康之助に代わってよく他出するのは、番頭の力造である。最近、どこか落ち着きがないように見えるのは、勘ちがいだろうか。

それにしても、康之助はよく働いている。琢ノ介自身、北国のさる大名家に仕えていて、十二年ものあいだ勘定方《かんじょうがた》にいたからよくわかる。毎日、帳簿とにらめっこし、算盤を弾き続けた。あれはあれで百二十石という禄高をもらうのに、ふさわしい働きだったと今でも思っている。

しかし、なにかちがう、どこか変だと自分のことを思っていたのも、また事実だったのだろう。だから、妻と不義の間柄だった上司を殴りつけて致仕《ちし》するなどという芸当ができたのだ。

仕えていた大名家も、とうに取り潰しになった。そのことを耳にして、琢ノ介は武家というものの頼りなさを見せつけられた気分になったものだ。

百二十石という禄をいただき、仕えていたときは、未来永劫、主家というのは続くものだと思っていた。まさかあんなにあっけなく取り潰されるものだとは思ってもいなかった。

だが、それはもういい。致仕したおかげで、こうして自由な生き方を手に入れることができた。浪人になって初めて知った生き方だ。自由に息ができるというのが、こんなに楽なものだとは思ってもいなかった。

というより、自分がちゃんと息ができていなかったことなど、主家に仕えていて気づきもしなかった。ただ、わずかな違和感があったにすぎない。

故郷を飛びだし、一人で江戸を目指した。道中、不安がないわけではなかった。だが、なんとかなるだろうという思いもあった。江戸なら、まず食いっぱぐれることはあるまいという確信があったのだ。人があふれ、選り好みさえしなければ金になる仕事はいくらでもあることは、勤番として出府し、いろいろなところに足を運んで江戸の者たちと盛んに話をして知っていた。

それが、今やこうして一日二分などという考えられない高給で、雇ってもらっている。身一つで、故郷を出てきた際には、考えもしなかった厚遇だ。

しかし、この高給はそれだけ危ういということの裏返しでもある。西村京之助という男に襲われたときは、心の底から怖かった。逃げたいと強烈に思ったが、背筋に埋めこまれたなにかが、琢ノ介をそこに踏みとどまらせた。死んでやるぞ、という覚悟で刀を振り続けた。そうしたら、西村京之助は佐之助の説得を受け容れて、自ら死を選んだ。

もし富士太郎の話が本当なら、鍵吉という男がまだ山形屋康之助を狙っていることになる。もっとも、鍵吉自身はたいした腕はないようだ。

だが、鍵吉が送りこんでくる刺客はあなどれない。西村京之助に匹敵する腕かもしれない。

またあんなのに来られたら、今度こそ命が危ういのではないか。だからといって、しっぽを巻いて逃げだすわけにはいかない。

琢ノ介は給金分の働きはするつもりでいる。浪人となったといっても、侍でなくなったわけではないのだ。

それにしても、と琢ノ介は思う。喜知右衛門の使いの話では、昨日の夕暮れどきに、佐之助の守る喜知右衛門が襲われたというのだが、いったい誰がそんな真似をしたのか。

幸いなことに佐之助が守りきり、喜知右衛門には傷一つなかったというが、どうやら佐之助も冷や汗をかかされるほどの者が襲いかかってきたようだ。襲ってきた者は、金棒かこん棒のような物を手にしていたということだ。そのせいで、佐之助の佩刀《はいとう》は折れてしまったという。

刀をなくして、あの男はどうするつもりなのか。確か、佐之助の刀は直之進が贈った刀ではなかったか。佐之助自身、刀くらいいくらでも持っているだろう。喜知右衛門の家の近くには武具屋もあるだろう。佐之助の腕に見合うだけの刀がすぐに見つかるかどうか、気になるのはそこだ。

喜知右衛門を襲った者が康之助も襲うようなことはないと思えるのだが、しかし、それだけの手練《てだれ》はこの広い江戸にはいくらでもいるだろう。そのことを思うだけで、琢ノ介は尻のあたりがむずがゆくなってくる。

目を閉じ、脳裏におあきと祥吉《しょうきち》の顔を思い浮かべた。二人が自分を守ってくれているような気がして、ようやく琢ノ介は気持ちが落ち着きはじめた。

あの二人に会いたい。それに、早いところ正月の晴れ着を買ってやりたい。しかし、今のところ、とても買いには行けない。

康之助には、同じ日本橋に一色屋というすばらしい呉服屋があることを教えてもらった。康之助がいうのなら、確かだろう。琢ノ介としては、すぐにでもその店に行きたくてならない。

しかし、康之助のそばを離れるわけにはいかない。もし自分が出かけているときに賊に押しこまれ、康之助を殺害されたら、目も当てられない。

自分はもう用心棒としてどこにも雇われることはないだろうし、一色屋に行ったことを一生後悔してすごすことになるだろう。

これまで康之助が襲われたのは、外出したときだけだし、用心棒は琢ノ介を入れて六人にふくれあがっている。康之助が店にいる限りは大丈夫ではないか、と思うが、やはり自分が外に出ようという気にはならない。

いま刻限は何刻か。先ほど遅い昼餉を食したばかりだ。じき八つという頃合いではないか。六人いる用心棒のなかで、いま起きているのは三人である。他の三人は、夜に備えて眠っている。

夜になれば、琢ノ介は睡眠をとれるというわけだ。もちろん一晩、ぐっすりと眠るわけにはいかない。せいぜい二刻、眠れるだけだ。だが、短い時間ながらも深い睡眠さえとれれば、すっきりして動きには支障はないものである。

夕餉の前に、奥の一室で寝ていた三人の用心棒が起きてきた。

琢ノ介たちは夕餉を食した。たいしたものは出ないが、三食食べさせてもらえるというのは、この上なくありがたい。

琢ノ介たちが夕餉を終えると、山形屋は暖簾をしまい、奉公人たちの夕餉となる。康之助はいつも、奉公人たちと一緒に食事をしている。奉公人たちとまったく同じ献立《こんだて》を食べているのだ。

しかし、康之助が終日外出しないというのは、やはりうれしいものだ。警護していて、とても楽なのだ。外での警護は気を使う。康之助を無事に店に送り届けたときには、琢ノ介はへたりこみたくなるほど疲れ果てる。

とにかく今日も、なにごともなく終わってくれるのではないか。少なくとも、店は終わったようだ。風呂に行っていた奉公人たちが次々に帰ってきて、戸締まりがされている。山形屋の戸締まりは完璧といってよい。賊が忍びこめるような隙は、どこを探してもない。

康之助は湯に入らない。庭で行水のようなことをしている。ふだんはもちろん湯屋に行くのだろうが、琢ノ介たちに気を使っているのだ。湯屋はとにかく混んでいる。あのなかでは、まず康之助を守りきれない。こちらは刀を持って入るわけにはいかないが、狙うほうは匕首くらいなら手ぬぐいに包んで持ちこめる。しかも、湯が汚いのをごまかすために、湯船はひどく暗くされているのである。もし湯船で襲われたら、琢ノ介たちには防ぎようがなかった。

六人いる用心棒のなかで、今は琢ノ介が統率する立場にある。佐之助がいれば佐之助がつとめただろうが、西村京之助の攻撃を防ぎきった腕が評価されて、そういうことになったのである。だからといって、賃銀が上がるわけではない。

しばらく、琢ノ介は寝ずの番をする三人と一緒にすごした。三人とも若い。いちばん下が二十二で、上が二十五である。いま眠っている二人も二十三と二十六の若さだ。琢ノ介は二十九だから歳の面からいっても、用心棒たちを統率することになったのは自然なことなのだ。

九つになり、さすがに眠気を覚えた。夕餉のあとからずっと眠っていた二人を、琢ノ介は起こした。二人とも寝起きはよい。すぐに刀を帯び、詰の間に向かった。

今から未明の七つまで琢ノ介は眠ることができる。寝床に入って目をつむる。この瞬間がたまらない。二刻の睡眠といえども、寝られるというのは、実に幸せなことだ。

眠りについてから、ほんのわずかしかたっていない。少なくとも、琢ノ介はそういうふうに感じた。

なにか妙な気配がする。店のなかがざわついている。

なんだ、これは。

琢ノ介は目をあけた。部屋には、行灯が一つ点いている。いつでもすぐに動けるようにとの配慮からだ。十分すぎるほど明るく、天井の小さなしみですら見える。

いきなり襖が破られたとおぼしき音が響いてきた。次いで、絶叫が夜を斬り裂くようにほとばしり、箪笥《たんす》でも倒れたかのような重い音が耳を打った。

琢ノ介はあわてて起きあがった。刀は常に抱いている。それを腰に差す。

また悲鳴がきこえた。刀の音も大気を震わせている。

――来やがった。

山形屋に賊が押し入ってきたのだ。豚ノ介は刀を抜いた。なにかが潰れるような音がした。直後、またどたん、と重い物が倒れるような音が鳴り響いた。

豚ノ介は廊下を走った。廊下にも行灯が灯されている。康之助は無事なのか。

それが最も気になる。無事でいてくれ。

豚ノ介は康之助の部屋の前にやってきた。物音がすごい。まるで嵐が襲来し、
康之助の部屋のなかで暴れているかのようだ。

豚ノ介は腰高障子をあけた。すでに抜刀《ばっとう》している。

しかし、なかは真っ暗だ。

「山形屋どの」

声を殺して呼びかけた。物音は静まっている。血のにおいが濃くなる。

豚ノ介は用心しつつ、康之助の部屋に入った。攻撃されたら、すぐに迎え撃てる体勢を取っている。

畳が粘ついている。知らないうちに血を踏んでいた。

部屋には、二つの黒い影が横たわっている。仲間の用心棒であるのは、見ずとも知れた。

かわいそうに、若かったのに。

この部屋にはもう誰もいない。康之助は逃れたのだ。襲われた直後、他の用心棒に導かれたのかもしれない。

琢ノ介は殺された二人を見た。廊下から入りこむ行灯の明かりだけが頼りだが、二人とも顔と頭を潰されている。

酷いことを。

だが、どうしてこんな殺し方になったのか。喜知右衛門を襲ったという男の得物を思いだす。

だが、喜知右衛門を襲い、次は康之助を襲うなどということがあるのか。

しかし、それにしても静かだ。二人がやられたということは、あと三人の用心棒が残っていることになる。いや、重い音は三度、きこえた。あれも用心棒がやられた音ではないか。となると、あと二人だ。

その二人と康之助は無事なのか。どこかに隠れたのか。それとも外へ逃れたのか。

しかし、賊はどこから入ってきたのか。山形屋の戸締まりは完璧だから、どこからも侵入できないはずなのに、それが破られたのである。

琢ノ介は廊下に出た。相変わらず静かだ。行灯は静かに炎を揺らせている。

「山形屋どの」

琢ノ介は声をかけた。しかし、応《いら》えはない。店のほうに行ったのか。店と家とは、錠のついたがっしりとした戸で区切られている。奉公人がたやすく家のほうに来られないようにするためである。

その鍵は康之助が持っている。ほかにも預かっている者はいるだろう。

琢ノ介はそちらに行ってみた。

むっ。

顔をしかめた。戸口のそばで、用心棒が一人倒れていたからだ。この男は腹を打たれたのか、顔は無事だ。しかし、もう息はしていない。賊の一撃を受けて、胃の腑や肝の臓などを潰されたにちがいない。

一つまちがえば、自分もこの男と同じようにされていたのだ。

しかし、若いのにあまりにかわいそうだ。もっと生きていたかっただろうに。

戸口を見た。錠はおりたままだ。ということは、康之助はここまで来たのかもしれないが、賊に阻《はば》まれて店のほうへは行けなかったということか。

琢ノ介はきびすを返した。再び廊下を進む。

「山形屋どの」

声をひそめて呼びかける。相変わらず返事はない。沈黙だけが漂っている。康之助や二人の用心棒だけではない。賊はいったいどこにいるのか。

康之助たちは身を隠しているにちがいない。そんな思いが脳裏を占めた。どこかそのようなところはあったか。賊に気づかれず、身をひそめるのに格好な場所は。

そういえば、隠し部屋のようなところがあった。土地や家屋の周旋のときに必要な証文をしまっておくための部屋だ。沽券《こけん》も入れてあるときいたことがある。あそこかもしれぬ。あそこは二畳ばかりの広さだが、見た目には、そこに部屋があるとはわからないように工夫されている。行灯の明かりくらいでは、いくら賊が手練だとしても、見破れないのではないか。

琢ノ介はそちらに向かった。賊が襲ってこないか、注意深く進む。今のところ、その気配はない。

隠し部屋の前までやってきた。壁の色になじみ、一見したところではなにもないように見える扉をどうやってあけるのか。当然、なにか工夫があるのだろうが、さすがに康之助もそこまでは教えてくれなかった。それだけ大事な証文が置かれている証だろう。

「山形屋どの」

琢ノ介はまた同じ声を発した。しばらく待ってみたが、ここでもなにも返ってこない。ここではないのか、と琢ノ介は落胆した。ならばどこなのか。

一応、あくかどうか、壁を押したり、叩いたり、なでさすったりしてみた。だが、壁はまったく動こうとしない。どこに扉があるのか、それすらもわからない。

琢ノ介は当てもなかったが、別のところに行こうとした。そこへ、いきなり風を切る音が迫ってきた。

なにっ。

黒い物が腹をめがけて迫ってきた。行灯の明かりで、ぼんやりとだが形が見えた。

山伏《やまぶし》が持つ錫杖《しゃくじょう》のような物だ。遊環《ゆかん》らしいものはついていない。

琢ノ介が確かめたのはそこまでだ。

――どうすればいい。

飛ぶこともできない。豚ノ介はとっさに刀を立てた。次の瞬間、錫杖が刀を打つ。猪でも飛びこんできたかのような強烈な衝撃があった。

刀は枯れ枝のようにあっさりと折れたが、ほんのわずか、錫杖の勢いを減じてくれた。その隙に豚ノ介はうしろに下がり、手近の部屋に入りこんだ。

錫杖が追ってくるかと思ったが、それは別の方向へ動いていた。今さっき豚ノ介が叩いたり、押したりした壁をめがけていた。がつ、どん、という音がしはじめた。

しまった。

豚ノ介はおのれのしくじりを覚《さと》った。

やつは山形屋どのがどこにひそんだか、わからずにいた。そして、このわしに案内させたんだ。それに気づかず、わしはのこのこと来てしまった。

頭を抱えたくなった。だが、そんな暇はない。

あの錫杖をもってすれば、壁などあっという間に壊されてしまう。なかにいるはずの康之助たちは錫杖の餌食となってしまうだろう。なんとかしなければならない。しかし、豚ノ介には得物がない。

いや、脇差があるではないか。あの錫杖の前には蟷螂《とうろう》の斧《おの》も同然で、なんの威力も発揮できないのは明白だが、なにもしないよりはいい。少なくとも、康之助が逃げだす時間は稼げるのではないか。

琢ノ介は脇差を引き抜き、錫杖を持つ賊めがけて突っこんだ。

賊は盗人のような黒装束に身をかため、顔には忍び頭巾のようなものをすっぽりとかぶっている。忍び頭巾から、二つの細い目がのぞいている。

「こいつめっ」

琢ノ介は脇差を振りおろした。琢ノ介の胸をめがけて、錫杖が突きだされてきた。錫杖の先端は槍のように穂先がついている。あれを食らったら、切っ先は背中まで突き抜けるだろう。

琢ノ介は脇差を振りおろした勢いのまま、体を前に乗りだすようにしてねじり、錫杖を避けた。

空中で一回転し、頭から転がる。すぐさま琢ノ介は立ちあがった。錫杖が追ってきているのは、見ずともわかっている。勘が研ぎ澄まされ、鋭くなっている。このあたりはこれまで数多くの場数を踏んできたのが、効いている。

錫杖は斜めに振りおろされていた。刀でいえば袈裟斬りだ。もし受けたら、肩と鎖骨は粉々にされ、肺と心の臓は叩き潰されるだろう。それだけの威力を秘めていた。

琢ノ介はうしろに下がって、それをかわした。錫杖がまたも突きだされる。脇差で払いのけても無駄だろう。脇差で錫杖の勢いを減らすことなどできない。錫杖はまっすぐ進んで体を貫く。

琢ノ介はしゃがみこむことで、錫杖をよけた。同時に脇差を突きだす。男がひらりと避けた。錫杖を素早く引き戻し、頭上から琢ノ介の顔を狙ってくる。

琢ノ介は廊下を転がった。今まで琢ノ介がいたところに錫杖がうなりをあげて落ち、床板を打った。床板が紙のように突き破られ、錫杖が引き抜かれたあとには大穴があいた。

とんでもない威力だ。

琢ノ介は敵の得物とはいえ、瞠目《どうもく》せざるを得なかった。

賊は錫杖を軽々と振りまわしている。ふつうの錫杖よりも若干短く、細いようだ。軽くしてあるのだろう。しかも、かなり鍛えられた鉄を使っているようで、賊の錫杖はまさに猛威を振るっている。

琢ノ介は賊に向かって突進し、脇差を頭上から振りおろした。賊が錫杖ではねあげる。今度は、槍でいえば石突《いしづ》きを琢ノ介に見舞ってきた。琢ノ介はそれを避けた。少し足が滑った。そこへ錫杖が襲いかかってくる。まずい、と思いつつも琢ノ介は横へ跳んだ。錫杖がまたも床板を突き破る。なにかに引っかかったのか、今度は引き抜くのにわずかにときを要した。

体勢をととのえた琢ノ介は、またも賊に突っこんだ。賊が錫杖を振りあげ、防御の姿勢を取る。琢ノ介はかまわず、脇差を片手で突きだした。脇差が賊の胸に向かって、ぐんと伸びてゆく。

賊がそれを錫杖で横に払う。賊がそういう動きをするのは、はなからわかっていた。琢ノ介は錫杖が当たる一瞬前に脇差を下に下げた。そこから手首をひねりあげて、一気に上に持っていった。賊の首を狙っていた。太い血脈を容赦なく断ち切るつもりだった。

しかし、賊が背中をのけぞらせて避けた。避けながら錫杖を振るってきた。それが琢ノ介の頭に当たりそうになった。

琢ノ介はあわててかわした。鼻先ぎりぎりを錫杖が通りすぎてゆく。あと少し動くのが遅れたら、頭はかち割られていた。肝が最も冷えた一瞬だった。

錫杖を握る賊は廊下に立ち、琢ノ介をいまいましげに見つめている。この男さえいなければ、という顔だ。

どうして仕掛けてこないのか。どうやら息を入れているようだ。

疲れているのか。きっとそうにちがいない。自分だってもうくたくたで、立っているのだっていやだが、ここで疲労などに負けていられない。

琢ノ介は腹に力をこめ、気合を入れてだんと廊下を蹴った。

猪突《ちょとつ》する。

賊が迎え撃つ。錫杖が振りおろされた。だが、琢ノ介はさすがに慣れてきた。かわすのはたやすい。実際にかわした。

しかし、蛇が鎌首《かまくび》をもたげるように、いきなり錫杖が向きを変えた。琢ノ介の背中を打とうとしている。これには面食らった。こんな技が残っているなど、考えもしなかった。

琢ノ介はなにも考えなかった。前に飛ぶしかなかった。水に飛びこむように手を伸ばし、さっと廊下を飛んだ。錫杖は空《くう》を切ったようで、琢ノ介はなんの痛みも感じなかった。そのまま廊下を転がり、床板を蹴るようにすぐさま立ちあがった。

錫杖がまたも突きだされてきた。これは体をひらくことでよけた。脇差を振るう。男がかわす。

この頃になって、ようやく店のほうが騒がしくなってきた。店と家をつなぐ戸口の向こうから、大勢の者たちが康之助を呼ばっている。

錠がおりている以上、奉公人たちにこちらにやってくるすべはないが、康之助を必死に呼ぶ声は、賊の気に障《さわ》ったようだ。

ちっ、と舌打ちし、賊が身をひるがえした。待ちやがれっ、と琢ノ介は怒声を発し、背中に脇差を振りおろした。しかし、賊の動きはすばやく、脇差は届かなかった。

賊が廊下を遠ざかってゆく。琢ノ介は脇差を投げつけた。背中に当たるかと思ったが、賊は廊下をさっと曲がり、姿が見えなくなった。脇差はむなしく壁に突き刺さった。

琢ノ介は賊の消えたほうに向かって廊下を進んだ。突き当たりに来て、右に曲がっている廊下をのぞきこむ。賊の姿はない。本当に消えたのだ。

琢ノ介は脇差を壁から引き抜いた。大事な得物だ。これがあったおかげで、危機を乗り越えられた。丸腰だったら、まちがいなく殺されていただろう。

琢ノ介はさらに進み、賊が本当に逃げたかを確かめた。錫杖の賊は、消えていた。家のなかにはいない。ひそんでいるような気配もない。

琢ノ介は廊下を戻り、隠し部屋の前に来た。壁に三つばかりの穴があいている
が、突き抜けてはいない。向こう側は見えていない。よほど頑丈につくってある
壁なのだ。

「山形屋どの」

声をかけた。

「平川にござる。賊は逃げもうしたゆえ、出てきても平気にござる」

しかし、答えはない。

「山形屋どの、こちらではないのか」

「まことと平川さまにございますか」

そんな声がきこえてきて、琢ノ介は安堵の息をついた。やはりここに隠れてい
たのだ。

「ああ、わしでござるよ。平川琢ノ介にござる」

扉がひらいた。壁がくるりと回転したのだ。どういうからくりなのか、ようや
くわかった。しかし、どうすればひらくのかはわからない。

康之助と二人の用心棒がおそるおそる出てきた。

「平川さま、お怪我は」

「いや、大丈夫だ」

「あの賊を平川さまお一人で追い払われたのでございますか」

「なんとかな」

「さすがでございますなあ」

康之助の目には、畏敬、尊敬の念が深く刻まれている。

「山形屋どの、とにかく無事でよかった」

「平川さまのおかげにございます」

「この隠し部屋を賊に教えてしまうなど、しくじりはあったが」

二人の用心棒にも怪我はないようだ。

「しかし、山形屋どのが無事だったのは、わしのおかげではないぞ。ほかの者の奮戦があったからだ。だが」

康之助が瞳に哀しみの色をたたえた。

「まことにございますな」

三人の用心棒が康之助のために戦い、殺されたのだ。

「いてて」

「どうされました」

「いや、なにか急に足が痛くなった」

康之助が琢ノ介の足を見る。

「血が出ています。ふくらはぎがぱっくりと割れていますよ」

「まことか」

二人の用心棒が同時に目をみはる。

「こちらにもひどい傷が」

「ここにも」

琢ノ介は背中や腕、手にいくつも傷を負っていた。

「まったく気づかなんだ」

「気力で奮闘されたのですな。痛みを感じないほどに」

康之助がいたわるように琢ノ介の足に手を触れる。

「すぐにお医者を呼びます」

「なに、このくらいなんともない。かすり傷にござる」

しかし、いきなり血の気が引いて琢ノ介はふらりとした。

「あっ」

二人の用心棒が両側から支える。

「布団に寝かせてあげてください」

「いや、そんなことはせずともよい」

琢ノ介はいったが、はっきりとした声にならなかった。すぐ間近の部屋にあわただしく布団が敷かれ、そこに半ば強引に横にさせられた。

天井がうっすらと見えた。これは行灯の明かりなどではない。どこからか日の光が射しこんできているのだ。もう夜明けなのだ。賊の侵入に気づいたのは、深夜だった。それがもう夜明けとは。それだけ長いあいだ戦っていたということか。

とにかく生きていてよかった。

琢ノ介は目を閉じた。

おあきと祥吉が笑っている。あの二人にきっと助けられたのだ。

ありがとう、と琢ノ介はつぶやいた。二人が手を振って消えてゆく。

代わって、疑問が再び頭に浮かんできた。

あの賊はいったいどうやってこの家に入りこんだのか。

二

西村道場の跡地を手に入れ、杭を打ったり、縄を張ったりしていたのは、野中《のなか》屋という店であるのが、近所の聞き込みから判明した。

そういうのは仮に隠そうとしても、どういうわけか、近所の者たちは鼻をきかせて嗅《か》ぎつけるものだ。

いったん町奉行所に戻り、富士太郎はそのことを与力の荒俣土岐之助に告げた。

「野中屋か。ふむ、何者かな」

すぐに調べてくるといって、土岐之助が席を立った。商家についての留書なども、奉行所にはしっかりと保管されている。

かなり待たされた。半刻ほど土岐之助は戻ってこなかった。

ようやく姿を見せたときには、だされた茶は冷め切っていた。富士太郎の体も冷え切っていた。今日は小春日和だった昨日と異なり、寒かったが、土岐之助の部屋に火鉢は置かれていなかった。

土岐之助は寒がりなのに、書類仕事をするときはあえて火鉢に炭を入れない。眠らないようにという配慮である。もともと土岐之助は眠るのが大好きなのだ。あたたかいと、その誘惑をはねのけられない。

部屋に戻ってきた土岐之助は、おびただしい書類が積まれている、ひときわ大きな文机《ふづくえ》の前に正座した。

「わかったぞ、富士太郎」

はい、といって富士太郎は土岐之助を見つめた。

「野中屋というのは、家屋や土地を周旋するのが仕事だ」

「西村道場の土地をどうやって手に入れたか、おわかりですか」

「沽券を持っているようだ」

「どうやって手に入れたのでしょう」

「そこまでは、この留書には記《しる》されておらぬな」

「さようですか」

ここはじかに当たるべきだろう。

「それから、この野中屋の本当の持ち主は、草薙屋重三という男だ」

草薙屋なら、きいたことがある。富士太郎の縄張に本店がある呉服屋である。

「草薙屋は呉服屋ですが、土地や家屋を周旋する店を持っているのですか」

「ほう、草薙屋を知っているのか。どういうことか、俺にはさっぱりだが、草薙屋重三というあるじは、裏でその手の商売をはじめたってことじゃねえのか。土地、家屋の周旋は儲かるって話だし」

「その野中屋はどこにあるのですか」

「おめえの縄張だな。小石川七軒町《しちけんちょう》だ」

「行ってまいります」

「おう、行ってこい」

土岐之助が富士太郎を送りだそうとして、富士太郎、と呼びとめた。はい、と富士太郎は浮かしかけていた腰をもとに戻した。

「秀五郎の件は残念だった」

推測ながら、富士太郎はことの経緯を土岐之助に伝えてあった。

「しかし、まだ身代わりにされたと決まったわけではありませぬ」

土岐之助がかぶりを振る。

「いや、おめえの推測通りだろう。秀五郎は鍵吉の身代わりにされて、殺されたんだ。そう考えれば、幸せの絶頂にいて失踪し、いまだに姿を見せねえっててのも、合点《がてん》がいくってものだ」

「力及ばず申しわけありませんでした」

「おめえが謝ることはねえ。おめえはできる限りのことをしてくれた。それに、おめえが調べに携わったときには、秀五郎はもうこの世の者ではなくなっていたんだ。富士太郎、秀五郎の無念を晴らすためにも、鍵吉を引っ捕らえな」

「はい、必ず」

富士太郎は力強く答えた。

「期待しているぞ」

「はい、ご期待に添えるように力の限りがんばります」

一礼して、富士太郎は土岐之助の詰所をあとにした。大門の下で待つ珠吉のところに急ぐ。

珠吉は、急ぎ足で歩いてくる富士太郎を認めると、うれしそうな顔になった。

ああ、いい笑顔だねえ、と富士太郎は思った。ああいう笑顔になれるのも、今日を一所懸命に生きているからさ。力一杯生きないと人生ってつまらないものになるからね。精一杯生きていた秀五郎さんは、ほんと、かわいそうだねえ。鍵吉の野郎になんの不足もなかった人生を断ち切られちまって。鍵吉の野郎、許さないよ。必ずつかまえてやるから、首を洗って待ってな。

「旦那、どうしたんですかい。ずいぶんと怖い顔をしていますね。荒俣さまになにかお叱りを受けたんですかい」

大門の下に入るやいなや、珠吉がいった。富士太郎は笑顔を見せた。

「なんでおいらが荒俣さまにお叱りを受けなきゃいけないんだい。おいらは荒俣さまにことのほかかわいがられているんだよ」

「そうですよねえ。だったら、どうしてあんな怖い顔をしていたんですかい。

——ああ、わかりましたよ。鍵吉のことを考えていたんですね」

「珠吉、さすがだねえ」

「旦那のおしめを替えて以来のつき合いですよ。そのくらいわかりますよ」

「うん、ずいぶん長いつき合いだねえ。そうさ、おいらは決してあいつは許さないって、あらためて思ったんだ」

珠吉が、気迫を面にだした富士太郎を見つめて満足げにうなずく。

「旦那、大人になりましたねえ」

「そうかい。自分では変わらない気がするけどね」

「とんでもない。すごい変わりようですぜ」

珠吉が真顔になった。

「それで、荒俣さまのほうはどうでした」

「うん、いろいろとわかったよ」

富士太郎は珠吉に、土岐之助がきかせてくれた話をした。

「じゃあ、まず野中屋に行くんですね」

富士太郎は答えなかった。

「どうしました」

「うん、珠吉。あのさ、いきなり本丸に乗りこむってのはまずいかね」

「それはつまり、草薙屋にじかにってことですね。ええ、あっしはかまわないと思いますよ。その野中屋という店に行ったところで、どのみちなにも答えないでしょう。しらを切っているんじゃなく、なにも知らないから答えられないってのもあるでしょうし。野中屋は、草薙屋の命を受けて動いているだけでしょうからね」

「草薙屋に乗りこんでも、あるじの重三はしらを切るだけかもしれないよ」

「おそらくそうでしょうね。草薙屋は表向きは呉服屋ですが、裏で土地、家屋の周旋をしているんですね。鍵吉とつながりがあり、はなから西村道場の地所を狙って火をつけたのかもしれないですよ」

「ああ、そういうことか。わかったよ」

　富士太郎は、ぽんと手のひらと拳を打ち合わせた。

「なにがわかったんですかい」

「鍵吉が金吉として山形屋さんに入りこんだわけさ。それも、草薙屋の指示があったからかもしれないね」

「なるほど、土地、家屋の周旋のやり方をおのがものにするためですか」

「草薙屋は土地、家屋の周旋が儲かることを知っていた。だが、そうたやすく参入できるものではなかった。それで日の出の勢いだった山形屋さんに鍵吉を送りこんだ」

「まちがいなくそういうことでしょうね」

　富士太郎は一つ思いだしたことがあった。

「そういえば、西村道場の隣に金吉が一軒家を借りたとき、格安で借りられたらしいっていう直之進さんの調べのことを、山形屋さんで教えてもらったじゃないか」

「ええ、そんなこともありましたね」

「けちな家主がどうして格安で貸したのか、わからないって近所の者はいってい たらしいけど、あれだって草薙屋の持ち物なら、納得がいくってもんじゃない か」

「ああ、本当ですね。旦那、冴えていますねえ」

「たまたまだよ。それに、珠吉がいろいろと示唆してくれるからさ」

「あっしまで持ちあげてもらってすみません」

珠吉が富士太郎を見つめる。

「旦那、それじゃあ、草薙屋に乗りこみましょうか」

同意しようとして、不意に、富士太郎のなかに躊躇する気持ちが生まれた。どういうわけか、時期尚早ではないかという気がしてならなくなった。

「珠吉、ちょっと待っておくれ」

「どうしました」

「すまないけど、気が変わったんだ。まだ乗りこむのは、早すぎるって思ったんだけど」

「旦那がそういうんなら、あっしはかまいませんよ。あっしは旦那についてゆくだけですからね。乗りこまないんなら、これからどうするんですかい」

「いきなり本丸ではなく、外堀を埋めようと思うんだ。草薙屋とあるじの重三のことを調べてみようじゃないか」

「合点承知」

富士太郎と珠吉は、さっそくその仕事に取りかかった。

草薙屋と仕事上のつき合いがあったり、寄合などで一緒に飲んだりしたことのある者に的をしぼり、話をきいていった。

草薙屋は、重三が一代で築きあげた呉服屋だった。もともと古着の行商からはじめたのだが、持ち前の胆力《たんりょく》と機転で一気にのしあがったらしい。

今や三十人からの奉公人を持つ、堂々とした大店の一つである。成り上がり者と見くだす者もいるらしいが、重三はまったく気にしていないようだ。

前々から今よりもいい場所に店を持ちたいというのが、重三の夢のようだ。それも日本橋の中心に、というのが目標とのことである。

驚いたことに、同じ呉服屋ということで、智代の実家である一色屋とも親しくしているらしい。よりよい商売のやり方を、智代の父親である順左衛門は詳しく教えたこともあったようだ。

「こいつは意外だねえ」

富士太郎はつぶやいた。

「ええ、まさか智代さんの家と草薙屋がつき合いがあるだなんて。一色屋さんに行ってみますかい」

「うん、行こうかね。ただ、その前に草薙屋を見ておこうじゃないか。乗りこむんじゃないよ。ちょっと近所で聞き込みもしたいんだよ。気まぐれで悪いね」

「いえ、そんなことはありませんぜ。勘にしたがうっていうのは、とてもいいことですからね」

富士太郎と珠吉は巣鴨原町《すがもはらまち》一丁目にやってきた。

店構えは大きいが、巣鴨は田舎町といってよいだけに、少し建物が古くさく感じられる。日本橋の商家のような粋《いき》な感じがしないのだ。店の暖簾が休まる暇もないほど、多くの人が出たり入ったりしている。繁盛しているのはまちがいないようだ。

「こんなに大勢の人に愛されている店なら、なにも土地、家屋の周旋なんかに手をださずともいいと思うがねえ」

「まったくですね。どうして、素人がちがうことに手をださなきゃならないんですかね」

「いろいろあるんだろうけど、不思議だね。いま重三は店にいるのかね」

「どうですかね。乗りこむつもりになったんですかい」

「いや、そうじゃないよ。ただ、なんとなく気になっただけさ。珠吉、ちょっと近所で聞き込むよ」

富士太郎と珠吉は草薙屋の評判などをきいてまわった。品物はいいし、そこそこ安いし、気に入っているというのが、近所の者たちの総じての思いのようだ。

話をきくついでに、富士太郎は鍵吉の人相書を見せてまわった。すると、何人かが、この人なら草薙屋さんにいるのを見たことがありますよ、という言葉を告げた。

「この男でまちがいないかい」

富士太郎があらためて確認すると、近所の者たちは一様にうなずいたものだ。

「ええ、この左の頬のほくろに見覚えがありますから」

どうやら料理人として草薙屋で働いていたようだ。

「それはいつのことだい」

「半年くらい前までいたと思いますけど、その後、顔は見かけませんねえ」

とにかく草薙屋と鍵吉につながりがあったのがはっきりした。富士太郎は決意した。

「おっ、旦那、乗りこむんですね」

「ああ、珠吉、一緒に来てくれるかい」

「もちろんですよ。旦那が火に飛びこむんなら、あっしもともに飛びこみますから」

「ありがとね」

富士太郎は草薙屋の前に立ち、息を一つ入れてから、暖簾を払った。

「あるじはいるかい」

土間に立ち、声を放つ。すぐに手代らしい奉公人が寄ってきた。

「あるじでございますか」

「うん、会いたいんだ。いるんだろ」

「は、はい」

「だったら会わせておくれ」

「あの、どういうご用件でございましょう」

「鍵吉のことだっていってくれるかい」

「鍵吉さんでございますね。少々お待ちください」

手代が奥のほうに去ってゆく。内暖簾を払い、姿を消した。

一杯のぬるい茶を飲み干すほどの時間もなかった。手代はあわてたようにすぐに戻ってきた。

「あるじがお会いになるそうです。こちらにどうぞ」

富士太郎と珠吉は奥の座敷に案内された。日当たりはよいが、どこからか肥《こえ》のにおいがしている。富士太郎は鼻をくんくんさせた。

「いかがされました」

座敷に座っている男がたずねる。

「おまえさんが気づいていないんなら、なんでもないよ」

富士太郎は男の正面に正座した。珠吉がうしろに控える。

「おまえさん、重三さんかい」

「はい、さようにございます。お見知り置きのほど、お願いいたします」

「さっそく本題に入るよ。おまえさん、この男を知っているね」

人相書を見せた。重三が手に取り、じっくりと見る。

「ええ、存じています。鍵吉でございます」

「今この男、どうしているんだい」

「さあ」

重三が首をかしげる。

「とぼけるのかい」

「まさか。手前は本当に知らないのでございますよ」

「どうしてだい。この家で料理人として働いていたんじゃないのかい」

「ええ、確かにその通りなのでございますが、それがどこかに移っていってしまったようなのでございます」

「どこかに移った。勝手に移ったということかい」

「はい。手前が雇っていたにもかかわらず、勝手にもっとよい条件のところに行ってしまったようなのです」

「どこに行ったのか、見当はついていないのかい」

「はい。なにしろ黙って姿を消したものですから」

富士太郎は少し間を置いた。どうもこの男の波に巻かれている感じだ。

「この鍵吉という男はとても悪いやつなんだよ。おまえさん、知っているかい」

重三が意外そうにする。

「いえ、存じませんでした。そうだったのでございますか。鍵吉は、いったいどのような悪さをしたのでございますか」

「それはそのうち教えてあげるよ。おまえさん、どこで鍵吉と知り合ったんだい」

「ええ、とある小料理屋に鍵吉がおりまして、そこの料理を食べたうちの奉公人が絶賛しましてね、それで手前もその小料理屋に行ってみたんです」

感極まったような顔で、重三が首を何度も振った。とある小料理屋というのは、おとせという女があるじの、志乃夫という店のことだろう。

「まったくすごい料理でございましたね。それから手前は何度も足を運んで、うちに来てくれるように口説いたんですが、なかなかうんといってもらえず、ようやく来てもらったと思ったら、ぷいっといなくなってしまいました。料理人というのは奉公場所が一定せず、長続きしない流しの者が多いようですが、やはり気まぐれなものですねえ」

目の前の男が果たして本当のことをいっているのか、わからない。富士太郎は軽く咳払いした。

「野中屋はおまえさんの店だね」

「えっ、ええ、そうですが」

いきなり話が飛んで、重三がいぶかしそうにする。

「西村道場の土地をおまえさん、ずっと狙っていたのかい」

「えっ、いえ、そのようなことはありませんけど」

「しかし、今の持ち主はおまえさんだよね」

「はい、まあ、さようにございます」

「あの土地の沽券を持っているらしいね」

「ええ、持っておりますよ。あれがないと、自分の土地であるという証になりませんから」

「西村道場に鍵吉が火をつけて、沽券を奪ったんだね」

富士太郎はずばりと決めつけた。

「ええっ」

重三がのけぞる。

「とんでもない。お役人、いったいなにをおっしゃっているんですか。し、証拠があるんですか」

富士太郎はにこりとした。

「犯罪人というのは、詰まったとき、だいたい証拠があるんですか、っていうけど、珠吉、どうしてかねえ。不思議だねえ」

珠吉も笑う。

「ええ、まったくです。決まって同じ台詞《せりふ》を吐きますねえ」

「草薙屋、沽券はどうやって手に入れたんだい」

重三が息をのむ。赤い顔をしていたが、一つうなずくと、ゆっくりと話しだした。

「手前は西村京之助さまとはおつき合いがありました。手前の奉公人が西村道場に通っていたことがあったもので、それがきっかけでした。それである日、西村さまがうちにおいでになり、沽券を預かってほしいとおっしゃったのです」

「嘘だろう」

「いえ、まことです」

「どうして西村さんがおまえさんに沽券を差しださなきゃいけないんだい。理由がないじゃないか」

「理由はございます」

すっかり立ち直って重三が断言する。

「どんな」

「お金にございますよ。西村さまは手前どもに借金をしていたのでございます。その形《かた》にございます」

「西村さんがおまえさんに借金だって」

「ええ、あの道場ははやっているように見えて、実はあまり思わしくなかったんでございます。それで手前が担保なしで融通してさしあげたのですが、そのことを申しわけなく思われた西村さまが、沽券を持ってこられたのでございますよ」

　富士太郎は、とぼとぼと道を歩いている。

「旦那、そんなに落ちこむこと、ありませんよ」

　いきなり珠吉に声をかけられて、富士太郎はびっくりした。

「おいら、落ちこんでなんかいないよ」

　珠吉が富士太郎に視線を当てる。じっと見てから、うん、と一つうなずいた。

「ああ、さいですかい。それならいいんですけど」

「おいら、よっぽど暗い顔をしていたかい」

「ええ。おいらもまだまだだね、全然駄目だったねえ、と考えているような顔でしたよ」

ふふ、と富士太郎は笑いを漏らした。

「確かに、おいらはあの男を追いつめることができなかったよ。やっぱり、乗りこむのがちと早すぎたね」

珠吉がかぶりを振る。

「あっしはそうは思いませんよ」

「どうしてだい」

「草薙屋は、余裕たっぷりに見えましたけど、ああいうふうにいわれて、実はかなり焦っていたと思うんですよ。脇の下に汗を一杯にかいていたはずです。揺さぶりという意味では、旦那が乗りこんでいったのは、これ以上ないものだったとあっしは思います。ここまで知られているんだと、あの男、心底動揺したんじゃないでしょうかね。これからいったいどんな動きをするか、楽しみですよ」

そこまでいって、珠吉が不思議そうに富士太郎を見た。あっけに取られたように口をひらく。

「旦那、もしかしてそこまで考えて、あの男のところに乗りこんだんじゃ……。はなから揺さぶりが目的だった」

富士太郎はふうと息をつき、にこやかに笑った。

「よし、珠吉。草薙屋を張ってみようじゃないか」

三

柄杓を使って、甕《かめ》からお釜に水を移した。何度か同じことをして、お釜はちょうどよい水加減になった。これで、あとは四半刻ほど水を吸わせれば、おいしいご飯が炊けるにちがいない。

いや、それだけでは足りない。おまじないが必要である。

おいしくなーれ、おいしくなーれ。富士太郎さんのためにおいしくなーれ。

「これでよし」

智代は一人にっこりと笑った。今日の夕餉の献立を考えはじめる。

なにがいいだろうか。疲れて帰ってくる富士太郎のために、おいしくて元気が出るものをつくりたい。

精をつけるのなら、やっぱり魚だろうか。鯖の味噌煮がいいかもしれない。富士太郎の大好物でもある。熱々の鯖の味噌煮をほおばり、こいつはおいしいねえ、と笑ってくれるやさしげな顔が浮かんできた。

よく脂ののったおいしそうな鯖があれば、買ってこよう。

今日は新鮮な魚が手に入らなかったのか、いつもこの八丁堀の屋敷にまわってくる魚売りが来なかった。あの魚売りは目利きで、うまい魚が入手できない日は姿を見せないことが多い。その代わり、行商にまわってくるときは必ず、さっきまで海を泳いでいたからね、といって新鮮な魚を売ってくれる。なかなか得がたい魚売りである。

智代は心を決めた。これからさっそく魚屋さんに行ってこよう。

財布を持ち、勝手口から台所を出ようとした。智代さん、とうしろから呼びとめられた。振り返ると、富士太郎の母の田津が台所の隣の間に立っていた。

腰が痛いのが仮病だったときいたとき、智代はびっくりしたが、それが富士太郎の気持ちを女に戻すための手立てであり、その女として自分が選ばれたことを知って、智代はただただうれしかった。富士太郎のことがずっと好きで、お嫁さんになるのが幼い頃からの夢だったからだ。

「田津さま」

智代は田津のそばに駆け寄った。

「智代さん。お客さまよ」

田津の顔色はあまりよいものではない。

「一色屋さんの使いなの。玄関で待ってもらっているから」

うちから使いとはいったいなんだろう、と智代は思った。滅多にあることではない。だいたい、使いをよこすほど遠くはない。とにかくその使いに会うのが先だった。田津に礼をいって、智代は玄関に急いだ。

丁稚《でっち》の作一《さくいち》が人待ち顔で立っていた。智代を見るなり、お嬢さま、と小さな声でいった。顔が青く、唇のあたりが引きつっている。それを見て、智代の心に不安のさざ波が立った。

「どうかしたの。なにかあったの」

立て続けにきかれて、作一が少しひるんだような顔になった。

「旦那さまと女将さんが……」

智代はごくりと唾を飲んだ。次の言葉をきくのが怖かった。

「床《とこ》に臥《ふ》せっていらっしゃいます」

田津に理由を告げた。田津が、早く行っておやりなさい、と急《せ》かす。ありがとうございます、といって智代は一色屋に向かって駆けた。

一色屋に着くと、裏口から入り、庭を伝って母屋にあがる。濡縁のある部屋が両親の寝間である。

二人は布団を並べて横たわっていた。せわしい息をついている。

妹の皆代が枕元にいて、二人を心配そうに見つめている。二つの布団のあいだに、かかりつけの医者の仁庵《じんあん》がいた。部屋の隅では助手が薬研《やげん》で、薬草をごりごりと押しつぶしていた。

火鉢の上に薬缶がのせられ、湯気を噴いている。部屋のなかは甘い薬草の香りで満ちていたが、どこか目を刺すものがあった。しばしばする。

「おねえちゃん」

皆代が智代に気づいて、声をあげる。

「いったいなにがあったの」

智代は皆代の横に正座した。

「わからないの。二人とも昼餉を食べたら、相次いで倒れて……」

「仁庵先生、二人の容態はいかがでしょう」

眉間にしわを寄せて、仁庵が考えこむ。

「あまりよいとはいえませんな」

「調べてみたのですが、今のところはまだわかりません。肝の臓がだいぶやられている感じがします」

「原因はなんです」

「この薬は」

「肝の臓の薬です。どうもなんらかの毒がたまっているようで、解毒の薬を処方しております。効いてくれればよいのですが」

智代は両親の顔を見た。二人ともどす黒い顔色をして眠っている。荒い息を吐いて眠りは浅そうなのに、当分目を覚ましそうにない。

どうしよう。

智代はいても立ってもいられなかったが、自分にできることなどない。今は仁庵に頼るしかなかった。

仁庵が薬缶から浅い湯飲みに薬湯を移す。それを冷ましてから、さじで二人の口に少しずつ持ってゆく。二人は飲めず、ほとんどが口の端から流れていってしまう。それを皆代がていねいにぬぐう。

「智代さん、水を持ってきてくださらんか」

仁庵がうしろに置いてあった空の薬缶を智代に手渡す。智代は受け取り、部屋を出た。沓脱から庭に降りて井戸に向かおうとした。

「あの」

横合いから声をかけられた。

智代はぎくりとしかけた。大木の陰に隠れるように見覚えのある男が立っていたからだ。ただし、どこで見かけたのか、わからなかった。男からは、少し薄気味の悪い感じが漂ってきている。左の頬に小さな切れが貼ってある。

「なんでしょう」

智代は平静を保っていった。

男が大木の陰から一歩、二歩と近づいてきた。

「お二人の具合はいかがです」

「あの、あなたは」

「ああ、はい。新しく入った料理人です。建吉といいます」

建吉ときいて、智代は思いだした。富士太郎が見せてくれた人相書の男ではないか。確か、源助という岡っ引を殺した男とのことだった。

その男が料理人としてうちにいる。どうして——。

両親が倒れたのは、この男が関わっている。まちがいない。

「あまりよくありません」

建吉への疑いを面に出さず、哀しみの色を濃くして、智代はいった。

「そうですか。心配ですね」

顔だけ見ていると、本当に気がかりそうに見えるが、声には真心などまったくこもっていない。やはりこの男が二人になにかしたにちがいない。毒か。そうかもしれない。ただ、皆代になにもないのは少し不思議だったが、妹だけはなんらかの理由で毒を入れられていないのかもしれない。

失礼します、と冷静にいって井戸に行き、薬缶に水を満たした。それを持って両親の寝間に戻る。薬缶を助手に渡した。

「皆ちゃん」

智代は妹を部屋の隅に呼んだ。

「なに」

「いい、あの建吉という料理人がつくる料理、一切食べちゃ駄目よ」

「えっ、どうして」

「多分、毒が入っているわ」

濡縁の向こうに建吉が立って、こちらを見ていた。智代は背筋に氷を押しつけられたような思いに駆られた。隣の皆代も建吉の姿を見て、あからさまにぎくりとした。

「わかったわね」

智代は皆代に念押しし、仁庵によろしくお願いしますといって、両親の寝間を出た。

すぐさま一色屋をあとにし、町奉行所に向かって走りはじめる。一刻も早く富士太郎に知らせなければならない。

もっと速く走りたい。しかし、幼い頃から走るのは得手ではない。前に進んでいる気がせず、町奉行所はまったく見えてこない。苛立ちが募る。しかし、今は足を動かし続けるしかなかった。

その足がびくんととまった。智代の前に男がいる。にやりとして、手を大きく広げた。ここから先は行かせないぜ、という意志のあらわれだ。

智代の前に立ちはだかったのは、左の頬に切れを貼った男だった。

四

小田原に泊まったあと、平塚、保土ケ谷と二泊して直之進とおきくは江戸に戻ってきた。もう日暮れが近づいている。江戸の町は夕闇に包みこまれようとしていた。久しぶりに見る江戸の夕焼けは、ずいぶんと美しく感じられた。遠く西の方角に富士山が見えている。夕日を浴びて、せかせかと町人たちが歩いていた。

それを見て、江戸に戻ってきたんだなあ、という思いを直之進は強く抱いた。

おきくをまず米田屋に送り届けた。

「よくぞご無事で」

あるじの光右衛門が大仰にうれしがる。

「いや、まあ、沼里だからな。そんなに遠いところではない」

「いえ、旅をなめてはいけません。ほんと、なにが起きるかわからないのが、旅というものですよ」

「確かにそうだな」

直之進は逆らわなかった。

「おなかが空いたのではありませんか」

おれんがきいてきた。

「ええ、ぺこぺこよ」

答えたのはおきくである。

「直之進さんもご一緒されますよね」

おあきが問う。おきくがかぶりを振る。

「それが残念なんだけど、直之進さん、これから行かなくちゃならないところがあるそうなの」

「どちらへ行かれるんですか」

光右衛門が細い目を見ひらいてたずねる。

「ちょっとあってな。委細はおきくちゃんにきいてくれるか」

「さようですか。わかりました。ご用事があるなら、致し方ありませんな」

「申しわけない。では、俺はこれで失礼する。旅の土産話などは、後日ということでな」

「はあ、承知いたしました」

米田屋をあとにした直之進が向かったのは、小石川片町である。着いたときにはとっぷりと日が暮れ、真っ暗になりつつあった。

この町には、西村道場があった。京之助たちが死んでしまった今、いったい誰のものになるのか、気になって仕方がない。土地というのは高価なものだ。十分、殺人の理由となるのではないか。この土地を狙う者の手で西村京之助の妻子が殺され、京之助自身も自刃に追いこまれたのではないか。

江戸に戻ってくる途中、そんな思いにとらわれて直之進は確かめたくてならなくなっていた。

西村道場の跡地には杭が打たれ、縄が張られている。明らかにこれから普請がはじまる様子だ。やはり、と感じた直之進は小石川片町で、西村道場の近所の者に聞き込みを行った。西村道場の跡地を手に入れたのは、野中屋という店であるのが知れた。同時に、町方役人が同じことをきいていったことも知った。その役人の人相をきくと、どうやら富士太郎であるのがわかった。

さすがだな、と直之進は感じ入った。富士太郎はとうに気づいて、調べているのだ。

となれば、富士太郎をつかまえていろいろと話をきいたほうが早いだろう、ということで直之進は町奉行所に向かった。この刻限なら、富士太郎は町廻りからもう戻ってきているはずだ。

しかし、富士太郎はいなかった。町奉行所の小者に話をきいたが、先ほどこちらに戻ってきたばかりだったが、樺山家から使いがあって、すぐに屋敷へ向かったのだそうだ。急な使いだったという。使いの中身までは小者は知らなかった。

とにかく屋敷に行けば、富士太郎に会えるだろうと直之進は向かった。

しかし、富士太郎はいなかった。樺山屋敷には富士太郎の母の田津だけがいた。

「せがれも智代さんも戻ってこないのです」

「あの、御番所の富士太郎さんに使いをだされたのは、母君ではないのですか」

直之進はきいた。田津が啞然《あぜん》とする。

「私は使いなどだしておりません」

「まことですか」

「はい、私が嘘などつくはずがありません」

富士太郎はいったいどこに行ったのだろう。

直之進は考えたが、江戸に戻ったばかりだ、わかるはずがなかった。

「智代さんはどちらに」

「ええ、使いが来て実家の一色屋さんに行ったのですよ。智代さんによると、ご両親が倒れたということでした」

智代はそのまま家にいると考えたほうがよいのだろう。ここは珠吉に話をきくほかはない、と判断し、直之進は樺山屋敷を出た。門を出る際、田津に、富士太郎さんも智代さんも大丈夫ですよ、きっとすぐに帰りますから、といったが、田津の憂い顔が晴れることはなかった。

珠吉は、町奉行所内の中間長屋に住んでいる。先ほどの町奉行所の小者に案内してもらい、直之進は戸口で珠吉に会った。

「湯瀬さま、お帰りになられましたか」

穏やかな笑みを浮かべ、珠吉がうれしそうにいう。

「ご無事でなによりですよ。うちの旦那には会われましたか」

「いや、会っておらぬ」

「どうかされましたか」

直之進の厳しい顔色を見て、珠吉がすぐさまきいてきた。

直之進はわけを話した。

「ええっ、旦那が行方知れずなんですかい」

「ああ、どうもそのようだ」

「しかし、旦那はあっしと一緒に張り込みをしていて、今日の今日ではなんの動きもないだろうねって、さっき御番所に戻ってきたばかりなんですよ」

「しかし、富士太郎さんのもとに、偽の使いがあったのはまちがいなさそうだ」

「ええ、今の湯瀬さまのお話をきくと、どうやらそのようですね」

「珠吉、富士太郎さんとどんな調べをしていたか、話せる範囲でいいから、話してくれるか。特に、西村道場の跡地をめぐって、なにがあったか知りたい」

「湯瀬さま、小石川片町に行かれたんですかい」

「ああ、さっき行ってきたばかりだ。西村道場の跡地は野中屋という店のものになっていることまでは、調べがついている」

さいでしたか、といって珠吉がむずかしい顔で話しだした。

話をきき終えて、直之進はうなずいた。

「その草薙屋というのは怪しいな」

「ええ、おっしゃる通りです。あっしたちは今日、草薙屋に乗りこんだんですよ。野郎、けっこう落ち着いたものでした。白状なんかもちろんしなかったんですけど、それでもうちの旦那の揺さぶりに、かなり動揺したのはまちがいなかったと思います」

「そうか。俺が行ったところで、答えは一緒か。しらを切られるだけだろうな」

「かもしれませんね」

珠吉が控えめに肯定する。

「しかし、うちの旦那だけでなく、智代さんまで樺山屋敷に戻っていないというのは、どういうことですかね。智代さんは、いくらご両親が倒れたからといって、田津さまになにもつなぎをされずにいるような女性ではないはずですよ。樺山屋敷と一色屋さんはそんなに離れていないですしね。せいぜい五町ばかりです。どうも、あっしにはそのあたりが妙に感じられやすね」

「珠吉は、智代さんの身にもなにかあったというのだな」

首をかしげて珠吉が眉根を寄せる。

「ええ、そんな気がしてなりませんや」

「一色屋へ行ってみるか」

「ええ、そういたしましょう。そのほうがいい気がしやす」

珠吉が振り返り、ちょっと出かけてくるぜ、とそばに控えていた女房のおつなにいった。珠吉と同じような歳の頃の女房は、深くうなずいてみせた。こんな刻限に出てゆく亭主に、不安がないわけではないのだろうが、笑顔で亭主を送りだした。このあたりは、さすが心得ているとしかいいようがなく、こんなときだが、直之進はすっかり感心した。

珠吉が危惧した通り、一色屋に智代はいなかった。もう一刻以上も前に家を出たという。行き先はいわずに出ていったが、妹の皆代は、八丁堀のお屋敷に戻ったのではないでしょうか、といった。

直之進と珠吉は顔を見合わせた。智代は樺山屋敷には戻っていない。智代の身になにかあったのは、もはや疑いない。

「あの、珠吉さん」

皆代が声をかけてきた。両親のこともあるのか、青い顔をしている。もともとが色白だけに、余計に痛々しく見えた。

「お姉ちゃん、こんなことをいっていたんですけど、きいていただけますか」

皆代が珠吉の耳に言葉を吹きこむ。直之進にもきき取れた。

『いい、あの建吉という料理人がつくる料理、一切食べちゃ駄目よ。多分、毒が入っているわ』

それをきいて、直之進はびっくりした。智代は両親に毒が盛られたと見ているのだ。

「建吉がここにいるんですかい」

一瞬、目をみはった珠吉が低い声で皆代にただす。

「ええ、つい最近、うちに料理人として入ったんです」

「今どこに」

「お姉ちゃんにそんなことといわれて気になったから、私、ちょっと捜してみたんですけど、うちのどこにもいないんです」

「野郎、ふけやがったな。さっそく追わねえと。ああ、そうだ。どういう経緯で、建吉はこちらに入ったんですかい」

「草薙屋さんのご紹介です」

「草薙屋ですかい」

珠吉がいまいましげな顔になる。目が鋭くなり、光を帯びた。

「建吉というのは」

外に飛びだした珠吉に、直之進はすぐさま追いついてきいた。

「金吉のことですよ」

珠吉が憎々しげに説明する。

「えっ、まことか。火事で焼け死んだ金吉か」

「ええ。だが、生きているんですよ。源助さんという岡っ引殺しも金吉の仕業です。今は鍵吉と名乗っているんですが、建吉というのも金吉というのも、鍵吉のことなんです」

そういわれて、直之進は頭をめぐらせた。

「智代さんは、富士太郎さんから話をきいていた建吉が一色屋にもぐりこんでいることに気づいたんだな。そして、富士太郎さんに知らせようとした。だが、それを建吉に覚られ、かどわかされた。そういうことか」

「ええ、いま湯瀬さまがおっしゃったようなことでございましょう」

珠吉が首肯する。

直之進は珠吉の顔を見つめた。

「建吉がどこへ行ったか、珠吉には心当たりがあるのか」

いいえ、と珠吉が悔しそうに首を振った。

「いま鍵吉――建吉のことですが、その行方を追っている真っ最中だったんですよ。まさか、一色屋さんにもぐりこんでいるなんて、考えもしなかった」

「建吉でも鍵吉でもいいんだが、そやつを熟知している者はいないか」

「あっしたちも鍵吉のことを知っている者たちにいろいろとききまわりましたけど、居どころに関して知っている者は、一人もいなかったですねえ」

「山形屋どのはどうだ。知らぬかな」

「金吉を雇っていたんで、あっしたちも話をききましたけど、やはり居どころまでは知りませんでしたね」

「ならば、山形屋に行っても無駄かな」

「無駄ってことはないかもしれませんが」

期待薄なのは、確かだろう。しかし、山形屋のことは気になるから、いずれは足を運ばなくてはならない。だが、琢ノ介に加え、佐之助がいる。こちらはなんの心配もいらないだろう。

佐之助が別の人物の用心棒についているとは知らない直之進は、ならば、と決意を面にみなぎらせていった。

「ここは草薙屋に乗りこむしか手はないな。二人の行方を吐かせねばならぬ」

「えっ、湯瀬さま、本気ですかい」

ああ、と直之進は表情に覚悟をにじませて答えた。

「鍵吉という男の背後に、草薙屋がいるのはまちがいない。一色屋のあるじ夫婦に毒を盛ったというのは、一色屋を狙っているのかもしれんな。乗っ取りだ。智代さんの行方知れずにも、鍵吉が関わっているのはまちがいあるまい。富士太郎さん宛の偽の使者を番所に送りこんだのも、鍵吉だろう。知らせを受けて屋敷へ戻る途中、富士太郎さんは鍵吉の襲撃を受けたということではないだろうか」

珠吉が眉をひそめる。

「鍵吉の襲撃を受けて、うちの旦那は大丈夫ですかね」

珠吉の顔には、危惧の色が浮かんでいる。最悪の事態を思い描いているようだ。

「大丈夫さ」

直之進は力強くいった。

「富士太郎さんは、こんなことでくたばるような男ではない」

珠吉が愁眉をひらく。

「そうですよね。きっとどこかに監禁されているにちがいありませんよ。しかし湯瀬さま、どうして鍵吉は、うちの旦那まで襲ったんでしょう。しかも、番所に偽の使いを送るなどという手のこんだことまでして」

それについて、直之進の考えはすでにまとまっていた。

「富士太郎さんが邪魔になったんだろう。あまりに知りすぎているからな。草薙屋を揺さぶったのが、こういう形になってあらわれたのかもしれん」

「あの野郎」

珠吉が唇を嚙み締める。

直之進はどうすれば富士太郎と智代を救いだせるか、思案をはじめた。

五

腑に落ちぬ。

壁に背中を預け、刀を抱いて佐之助は、寝床で豪快にいびきをかいている喜知右衛門を見つめている。

この男は、と佐之助は思った。本当に命を狙われているのか。態度だけ見ていると、どうもそうは思えない。

今日も昼間から酒をかっ食らって、こうしてだらしなく眠っている。しかも、喜知右衛門を襲ったのと同一とおぼしき刺客《しかく》に、山形屋が狙われたというときに、こうしていぎたなく眠っていられるものなのか。

襲ってきた男の得物が錫杖であることは、今回ものの見事に山形屋を守り抜いた琢ノ介が見て取っている。いわれてみれば、あれはこん棒や金棒ではなく、錫杖というのが最もぴったりくる。むろん、扱いやすいように軽くしてあるだろうし、音が立たないように遊環も取ってあるのだろう。闇に溶けこむように色も黒く塗られていた。

あんな特異な得物を持つ手練に二度も襲われたのに、この喜知右衛門の余裕はどういうことなのか。

それだけ用心棒を信頼している証なのかもしれないが、どうにも佐之助は違和感をぬぐえない。

できれば、喜知右衛門のことを調べてみたい。康之助が昔からの知り合いで、信用できるというのなら、本当に大店のあるじをつとめていたのだろうが、今はひどく零落《れいらく》した感じだ。

佐之助は顎を指先でなでさすった。

この男は、俺を山形屋から引き離す役目を負っているのではないか。山形屋では琢ノ介を入れて六人の用心棒がいたが、三人が錫杖の餌食になり、琢ノ介もひどい怪我を負ったそうだ。

もし琢ノ介の奮戦がなければ、康之助は死んでいただろう。俺のいない山形屋なら、あっけないほどたやすい仕事になると錫杖の男は踏んでいたはずだが、予期した以上に琢ノ介がしぶとかったのだ。目論見が狂い、引きあげざるを得なかったのである。

喜知右衛門と山形屋康之助。錫杖を得物にする者が二人を襲ったのは疑いようがない。

考えてみれば、と佐之助は思った。深川大和町の蕎麦屋からの帰り、この家の近くで襲ってきたあの男は、喜知右衛門には目もくれず、むしろ自分を殺そうとしていなかったたか。

佐之助は目を閉じ、あのときのことを脳裏に思い起こした。

まちがいない。あの錫杖の男は、この俺を標的にしていた。山形屋から引き離したにもかかわらず襲ってきたというのは、俺に喜知右衛門が狙われているのを信じさせようという手だ。

できたら、そのときにこの俺を亡き者にしてしまえという気持ちがあったにちがいない。錫杖での攻撃にこれ以上ない自信を抱いていたのだろう。

しかし、俺の反撃を受けて、殺すことを断念した。

佐之助は再び、寝床の喜知右衛門を見つめた。夢でも見ているのか、なにかむにゃむにゃと寝言をいっている。

吐かせるか。

佐之助は立ちあがり、刀を腰に差した。この刀は喜知右衛門と一緒に外出し、近くの武具屋で手に入れたものだ。弘法筆を選ばずというが、佐之助はどうせならいいものがほしく、大枚十両を払って、これならという刀を手に入れた。銘は大和守《やまとのかみ》助俊《すけとし》とあった。武具屋によれば、無名の上に数も少ないが、すばらしい刀工とのことである。

「おい、起きろ」

佐之助はしゃがみこみ、喜知右衛門の体を揺さぶった。なかなか起きなかったが、何度も繰り返すうちに、ようやく薄目をあけた。起こしたのが佐之助であるのを知り、いぶかしげにいう。

「なんですか」

佐之助は目を鋭くした。喜知右衛門が明らかにぎくりとした。

「話がある」

六

枕元に誰かが来た。

琢ノ介は目をあけた。

「あっ、起こしてしまいましたか」

康之助だった。

「ああ、いや、別にかまわぬ。もう眠りは十分に足りているゆえ」

「さようでしたか」

康之助が安堵の笑みを浮かべる。

「お加減はいかがですか」

「だいぶよい。今日は無理かもしれんが、明日には起きあがれるようになるだろう。またおぬしの警護に就ける」

「いえ、無理はなさらないでください。手前を守るために、若い方が三人も亡くなりました。もう自分のために用心棒をつけるのはやめることにいたします」

琢ノ介は驚いた。我知らず起きあがりそうになる。それを康之助が押しとどめた。

「無理をなさいますな」

「いや、無理もしたくなるというもの。山形屋どののその覚悟はご立派だが、またあの錫杖の男が来たら、まちがいなく殺されるぞ」

「それも運命でございましょう。手前のためにほかの方が命を散らすのは、もう勘弁にございます」

これは本音なのだろう。目の前で三人の若い命が失われるのを見て、康之助のなかでなにかが変わったということなのだ。

三人の遺骸はそれぞれの家人が引き取っていったらしいが、康之助は格別の見舞金を支払ったそうだ。

「番所の者は来てくれたのか」

「ええ、来てくださいました」

「調べてくれそうか」

「ええ、そういうふうにいってくれてはいます」

「あまり期待できぬという口ぶりだな」

康之助が苦笑を頬に刻む。

「山形屋どの」

琢ノ介は低い声で呼びかけた。

「賊がどういう経路で入ってきたか、わかったのか」

「それがよくわかりません。戸締まりは完璧だったはずなのですが」

「しかし、破られたのは事実だ」

琢ノ介はさらに声を殺した。

「手引きした者がいるとわしは思う」

「えっ、まことにございますか」

これまで一顧だにしなかったという顔だ。

「うむ、まちがいない」

康之助がごくりと息をのむ。琢ノ介に劣らず小さな声でいう。

「手引きということは、なかの者が、ということになりますが」

「そういうことだな」

「しかし、うちの奉公人にそのような者がいるとは思えません」

「しかし、いるんだ」

康之助が顔をじっとのぞきこんできた。

「平川さまには、心当たりがおありでございますのか」

「ないことはない」

「誰にございます」

琢ノ介はためらいなく告げた。

「力造だ」

「ええっ」

康之助がのけぞりそうになる。

「力造が。考えられません」

「それだけ山形屋どのが信頼しているということだろうが、あの男はちと怪しい」

「なにが怪しいのでございますか」

「店とこちらの住居を結ぶ戸口があるが、あそこの鍵を力造は持っているな」

「はい、手前が最も信頼している番頭ですから、預けております」

「力造はおそらく賊にあそこの鍵を渡したぞ」

「えっ、どうしてそういうふうに思われるのでございますか」

「あそこからしか、賊は入れないと思うからだ。手立てとしてはこうではないかな。昼間のあいだに店のほうから入り、どこか人目につかぬ場所に忍んでおく。そして夜が更けるのを待ち、力造から預かった鍵で例の戸口の錠をあけ、住居のほうに入りこむ。再び錠をおろし、山形屋どのの逃げ場をふさぐ」

康之助は目を大きく見ひらいて、琢ノ介の話をきいている。

「そして、満を持してあの錫杖の男は襲いかかったんだ。そのあとは、山形屋どのも知っての通りだ。まさかそんな方角から来るなぞ予期していなかった若い用心棒たちは次々にやられていった」

康之助が太い吐息を漏らした。

「わかりました。確かにあの戸口の鍵を持っているのは、手前以外、力造しかおりません。力造はいったいなにをやらかしたのでございましょう」

「ここは内証の豊かな商家だからな。理由は一つではないか」

「わかりました。さっそく調べてみることにいたします」

康之助の動きはすばやかった。あっという間に調べをつけた。琢ノ介の元に戻ってきた康之助の顔は紅潮していたが、目はひどく暗かった。

「平川さまのおっしゃる通りでございました。力造は使いこみをしておりました」

目の暗さは、信頼していた者の裏切りがことのほかこたえたゆえだろう。

「いくらやられたのかな」

「百五十両にございます」

「けっこうな額だ」

「あるいはもっと出てくるかもしれません」

「力造は捕らえたのかな」

康之助がかぶりを振る。

「逃げたようでございます。姿がどこにも見えません」

「どういう筋書きか、山形屋どのもわかったであろう」

はい、と康之助がうなずく。

「錫杖の男は、力造の依頼で手前を殺そうとしたのでございますね。使いこみがばれるのを怖れて」

「鍵吉という男が介在しているのだろう。西村京之助どのの襲撃も、力造の依頼に沿ったものであろうな。西村どのは、町方同心の樺山富士太郎もいっていたが、鍵吉に操られたのであろうよ」

腰高障子の向こう側に、人の気配が立ったのを琢ノ介は知った。

「旦那さま」

若い奉公人の声だ。

「どうした」

腰高障子が横に滑る。

「お客さまにございます」

「どなたかな」

「はい、倉田佐之助さま、喜知右衛門さまにございます」

「座敷にお通ししなさい」

「いや、この部屋にお願いしたい」

いわれて康之助が布団の上の琢ノ介を見る。

「かまいませんか」

「倉田はきっとなにか話があって来たのだろう。わしもそいつをきかねばならぬ」

康之助が奉公人に視線を転じた。

「こちらにお通ししなさい」

承知いたしました、といって奉公人が廊下を去った。

奉公人の先導で、すぐに佐之助と喜知右衛門が姿を見せた。喜知右衛門は病人のように顔色が悪く、しおれたねぎのようにうなだれていた。

「いったいなにがあった」

横たわったまま琢ノ介は佐之助にただした。

「それよりもおぬし、大丈夫か」

「ああ、見ての通りだ。たいしたことはないさ。すぐ起きあがれるようになる」

「強がりではないな」

「ああ、本当のことよ。明日には起きあがってみせよう」

「それならばよい」

「それでなにがあった」

琢ノ介は喜知右衛門に目を向けた。

「この男、すべて吐きおった」

「なにを」

佐之助が喜知右衛門をにらみつける。

「この男、草薙屋の依頼で、俺を山形屋から引き離す役目を負っていたんだ」

佐之助が喜知右衛門の左腕の袖をまくりあげる。晒しがされていた左腕に傷跡などなかった。

七

巣鴨というところには、初めて来た。

巣鴨原町一丁目にある草薙屋の前に、直之進は立った。横に珠吉がおり、厳しい目で店を見据えている。

店はあいていない。店じまいをしてだいぶ時がたっている。どことなくひっそりとして、人が動いているような気配は感じられない。

「よし、行くか」

直之進は珠吉にいった。はい、と珠吉が深くうなずく。

「湯瀬」

いきなり横合いから呼ばれた。この声は、と直之進はそちらに顔を向けた。案の定、佐之助が立っていた。山形屋康之助が一緒にいる。ほかにもう一人、直之進が知らない男がいた。こちらは死罪が決まった罪人のように力なく首を垂れている。

「帰ってきたのか」

佐之助が目を輝かせる。

「ああ、さきほどな」

「無事でなによりだ」

「かたじけない。しかし倉田、どうしてここに」

佐之助が説明する。

「この男よ。こいつは喜知右衛門というんだが、金を積まれて俺を山形屋から引き離すように頼まれたんだ。依頼主は鍵吉という男だが、実際の金はこの草薙屋から出ているのを白状したんだ。草薙屋とは、もともと古いつき合いのようだ。それで、草薙屋を問い詰めるために来た」

「どうして山形屋どのを連れている」

「ことがここまで露見した以上、もはや狙う理由もないだろうが、やはり用心はしなければならぬからな。山形屋を一人で置いておくわけにはいかんゆえ、連れてきた」

「一人でといったが、琢ノ介はどうした」

「怪我をして臥せっておる」

「なんだと。ひどいのか」

「いや、たいしたことはない。大事を取っているだけだ」

「それならよいが」

「二人の用心棒がついている。動けずとも、心配はいらぬ」

佐之助が見つめてきた。

「湯瀬、おぬしはどうしてここに」

直之進は理由を告げた。佐之助が目を険しくする。

「樺山富士太郎と智代という娘が行方知れずだと。それにも草薙屋が絡んでいるということか」

「まちがいない。俺たちも草薙屋を詰問するために来たんだ」

「では行くか」

佐之助が顎をしゃくる。その先には草薙屋が建っている。

直之進たちは店の前に立った。珠吉が大声で訪いを入れる。だが、なんの応えもない。店からは沈黙が返ってきたのみである。

佐之助がくぐり戸を押した。

「あいておらぬ。しかも、人の気配は一切ないな。いちはやく逃げ去ったようだ」

佐之助が喜知右衛門に向き直った。来い、といって襟首をつかみ、引っぱってゆく。近くにこぢんまりとした稲荷神社があり、そこに佐之助は入っていった。人けはまったくない。静謐《せいひつ》さに満ちている。

「草薙屋はどこにいる」

佐之助が喜知右衛門に問う。

「そ、存じません」

喜知右衛門が、馬のようにぶるぶると首を振る。

「とぼけるのか」

「とぼけてなどいません」

喜知右衛門が叫ぶようにいった。

「ならば、樺山富士太郎と智代という娘は、どこだ」

「存じません。そのお二人の名も存じませんから、答えようがありません」

「ならば、草薙屋なら、かどわかした者をどこに監禁する」

「いえ、それも存じません」

「草薙屋は別邸を持っていないのか」

「持っていると思います」

「どこだ」

「存じません」

「思いだせ」

「本当に知らないのです」

佐之助がわずかに間をあけた。

「別邸以外で心当たりはあるか」

「ありません」

喜知右衛門があっさりと答える。

「考えろ」

佐之助がにらみつけて脅す。

「考えて答えをだせ。ださねば、手の指を一本、一本落としてゆく。その次は足の指だ」

「ええっ、そんな」

「嘘と思うか」

佐之助が脇差を抜く。月の光を受けて、きらりと輝いた。一目見て業物であるのが知れた。

「切れ味はすばらしいぞ。おぬしの指など、たくあんを切るよりずっと楽だ」

佐之助の目を見て、喜知右衛門が震えあがった。

「心当たりは」

「あっ、はい」

喜知右衛門が必死の顔で考えこむ。もしかすると、といって目をあげた。

「力造の女のところかもしれません」

「力造に女がいるのか」

「はい」

「その家はどこにある」

「向島です」

「向島のどこだ」

「長命寺《ちょうめいじ》のそばとしか存じません」

「長命寺というと、桜餅で有名な寺だな」

「さようです」

佐之助が直之進を見る。

「行くしかないな」

「ああ。山形屋どのには戻ってもらおうか」

「いえ、手前も連れていってください」

山形屋がなおも一緒に来るといった。

「手前、向島は好きで、よく遊山に出ていますから、けっこう詳しいのですよ。それよりなにより、どんな家に女を囲っているか、力造の家の好みもきっとわかりましょう。必ずお役に立てると存じます」

そこまでいう者に、店で待てとはいえなかった。

昼間なら遊山の者でにぎわう向島も、夜のとばりがおりてひっそりとしていた。桜餅で有名な長命寺の門前にさしかかった。

「湯瀬、食べたことは」

佐之助にきかれた。

「いや、まだだ」

「そうか。けっこういけるぞ。そのうち届けてやる」

「まことか」

「無事に沼里から帰ってきた祝いだ」

「すまぬ」

「しかし、今は桜餅よりも力造の女の家だ」

頼りは康之助である。

長命寺からまわりを見渡す。闇のなか、灯をともしている家が数多くあった。百姓家以外は、武家の下屋敷か富裕な者たちの別邸、あとは名のある料亭、料理屋である。

「手前は今でも、力造を控えめな性格だと確信しています。あまり派手な造りの家ではないでしょう。どちらかというと、地味な家だと思います」

「女の性格に合わせているというのも考えられるぞ」

「確かにそうですね。女の好みも、おそらく万事控えめで、一歩下がっているような性格ですよ」

「なるほどな」

佐之助は納得したようだ。

「色は藍や黒が好きでした。半纏や前掛けなどにも藍は使われておりますし、黒は墨の色でございます。年がら年中帳簿、帳面をつけるせいで、手前どもの指先には墨がしみつきます。もともと力造は働き者でした。魔が差したとしか思えません」

いまだに康之助のなかには、力造を信じたいという気持ちがあるのではないかと思えた。

不意に手を伸ばす。

「そこの家などは、好みでしょうね」

直之進は眺めた。十間ばかり先に、ぐるりに塀をめぐらした家がある。庭には大きな柿の木が見える。

「そんなに大きくもありません。力造が大きな家を購入するとも思えません。せいぜい三部屋ばかりあれば十分でしょう。もともと家を持つのなら、柿の木を植えたいといっていました。力造は柿が好物なんです。塀は、熟した柿の色が映《は》える黒にしたいとも」

「ふむ。だが夜では、塀の色まではわからんな」

直之進は答えたが、康之助がさらに続けた。

「どうやらあの風景の感じでは、裏手に川が流れている様子です。力造は船着場がある家がほしいんですよ、ともいっていました」

「船着場か。船遊びでもするつもりか。ならば湯瀬、まずはこの家へ行ってみるか」

佐之助がいい、直之進たちは急ぎ足で向かった。

近寄るにつれ、母屋の壁に厚く塗られた黒漆の美しさが、目を打った。

「まちがいないと思います。力造は塗りのなかで黒漆が最も好きだと以前、いっておりました」

直之進は佐之助とともに、塀際からなかの気配をうかがった。

「どうだ」

佐之助にきかれた。

「うむ、ここだと思う」

直之進は短く答えた。

「俺もだ」

いやな気配があるのだ。これは、邪悪な気を放っている者がいるからだ。おそらく鍵吉と錫杖を得物にしている男のものではないか。

「珠吉は喜知右衛門を見張ってくれ。山形屋、おぬしはそこの林に身をひそめていろ。俺たちが戻るまで、いいか、出るのではないぞ」

「はい、承知いたしました」

これから敵の本陣に乗りこむという危急のときだが、そのやりとりをきいて、直之進は苦笑が出た。山形屋ほどの大店の主人に対し、こんな口がきけるのは佐之助くらいのものではないか。

「なにを笑っている」

佐之助がきく。

「いや、ちとおかしかっただけだ」

「こんなときに笑うなど、きさまもずいぶんと不謹慎になったものだ」

「倉田、行くぞ」

「わかった」

塀はさして高くない。半丈ほどしかなかった。二人はたやすく乗り越えた。母屋は確かにそんなに大きくはない。康之助のいう通り、三部屋がせいぜいだろう。奥から明かりがうっすらと漏れていた。

ここに富士太郎と智代が監禁されているとすると、ほかにいるのは、鍵吉に錫杖の男、力造、女、そして草薙屋重三ということになるか。

抜刀した直之進と佐之助は勝手口に近づき、壁に背中をつけた。なかの気配を再び嗅ぐ。静かなものだ。邪悪な気が減っている。

「気づかれたな」

直之進は佐之助にいった。

「ああ、どこかで息をひそめている。しかし、ここで立ちどまるわけにはいかぬ」

「そういうことだ」

直之進は壁から離れざま、勝手口の戸を蹴破った。あっけなく戸が吹き飛び、ばたん、と大きな音を立てた。

直之進は突っこんだ。佐之助が続く。

竈《かまど》のしつらえられた土間があり、その先に一段上がった板敷きの間があった。そこには誰もいない。

直之進は次の間との仕切りになっている板戸に体を寄せ、向こう側の気配を嗅ごうとした。はっとして、飛びすさる。いきなり風を切る音がしたからだ。次の瞬間、大音《だいおん》が響き、板戸に大穴ができた。直之進が寸前までいたところに錫杖が飛びだしてきた。

錫杖がすぐに引かれる。直之進は板戸に体当たりを食らわせた。板戸が向こうに倒れてゆく。それを突き破るように錫杖が突きだされてきた。鋭くとがった切っ先が見えた。槍の穂先のようになっている。

直之進は身を低くしてかわした。上から錫杖がそのまま落ちてきた。

それも直之進は難なく避けた。目の前にがら空きの体が見えた。刀を入れるのはたやすかった。だが、殺す気はなかった。どこかに傷をつけて、戦えなくするだけでよい。

直之進は即座に足に的を定めた。ふくらはぎの腱を断てば、人というのは動けなくなる。

「待てっ」

横から声がかかった。直之進ははっとしてそちらを見た。あっ、と口から声が漏れる。

そこは十畳ほどの広い座敷だが、壁際に富士太郎と智代らしい女がいた。鍵吉とおぼしき男と重三ではないかと思える男に匕首を突きつけられていた。

「二人を死なせたくなかったら、刀を捨てるんだ」

鍵吉らしい男が叫ぶ。直之進は刀をとめ、さっと横に動いた。九死に一生を得た錫杖の男が、うしろに動いて構え直す。

「殺すのはたやすかったが、こういうこともあろうかと思ってな――」

鍵吉が誇るようにいう。

直之進は富士太郎と智代を見た。二人とも元気そうだ。特に富士太郎は直之進を見て、生き返ったような顔をしている。直之進が来た以上、もう大丈夫と確信している顔だ。

どうすればいい。

直之進は考えた。だが、いい手は浮かばない。

「いいか、この二人は殺さぬ。だが、俺たちと一緒に来てもらう」

「一緒にだと」

「そうだ。でなければ、俺たちはきさまらに殺されてしまう」

「殺しはせぬ」

「同じことだ。つかまれば、獄門だ」

鍵吉が顎をしゃくる。青い顔の重三がうなずく。

富士太郎と智代が引っ立てられるように動かされる。

「船着場か」

直之進はつぶやいた。

「さあ、刀を捨ててもらおうか」

鍵吉が勝ち誇ったようにいった。

直之進は畳に刀を置こうとして膝を折った。

「そこからずらかろうという寸法か」

佐之助が納得したようにいいながら、刀を左手に持ちかえた。

「そうはさせるか」

佐之助がいきなり脇差を投げつけた。鍵吉が首をかしげてよける。脇差は背後の柱に突き立った。そのときには佐之助は鍵吉に近づいていた。それを合図に、直之進も錫杖の男に向き直った。

鍵吉が富士太郎を刺そうとする。だが、富士太郎が佐之助の動きを助けるように身をよじった。匕首は富士太郎に届かない。きさまっ、と鍵吉が怒声を発した。

大きな隙ができた。それを見逃さず、佐之助が刀の柄を顎に見舞った。がっ、と音がし、鍵吉がのけぞった。さらにもう一発、佐之助が浴びせた。鍵吉が吹っ飛び、うしろの壁に頭を打ちつけた。そのまま気絶した。

横の重三はすくんだように動かない。佐之助は重三のたるんだ腹に拳を入れた。うっ、とうなって重三が腰を折る。力なくずるずると崩れ落ちて、畳に蛸《たこ》のようにくにゃりと横になった。

直之進は錫杖の男との間合いをはかっていた。錫杖が相手では、まともに刀ではやり合えない。動きが刀よりも遅い分、つけこむのはさほどむずかしいことではないが、眼前の男は錫杖での戦い方を熟知している。どういう手があるか、知れたものではない。

業腹《ごうはら》な感はあったものの、直之進は佐之助の真似をすることにした。脇差を抜くや、男に投げつけたのだ。男がよける。脇差は背後の板壁に突き立った。すでに直之進は突進をはじめている。

男が錫杖を振りおろしてきた。直之進は刀を投げつけた。さすがにそこまでは男は予期していなかった。錫杖で払うのが精一杯だ。

直之進はそのまま男の横を走り抜け、壁に突き立った脇差を手にした。それを低い姿勢のまま下から突きだす。男はよけられず、うっとうめき声をあげた。脇差は男の太ももに突き刺さっている。膝の上あたりだ。

脇差を引き抜くや、柄で男の顔を殴りつけた。がん、と男の頭が激しく揺れ、がくりと膝から畳に倒れこんだ。血が出てきた。その血が男の横顔を濡らす。気絶していることを確かめた直之進は、男の帯を解くと血どめをした。こうしておけば、ここで命を失うようなことはない。

直之進は立ちあがった。富士太郎と智代に目を当てる。智代は重三が倒れた弾みで少し離れたところに飛ばされたが、大丈夫そうだ。

「直之進さん」

富士太郎の唇がわななく。その顔を見て、直之進はほっとした。

富士太郎がゆっくりと近づいてきた。熱い目をしている。もしや元に戻ってしまったのか、と直之進はぎくりとしたが、富士太郎の目は直之進の背後に向けられていた。

そこには智代がいた。富士太郎は直之進の横を通り抜けた。

「智ちゃん」

「富士太郎さん」

二人は抱き合った。ともに涙を流している。

直之進からは自然に笑みがこぼれた。

智代の両親は、かかりつけの医者の懸命な治療の甲斐あって、奇跡的に助かり、今はもう起きあがれるようになった。

鍵吉、草薙屋重三、安三郎の三人は獄門が決まった。鍵吉と安三郎は、互いに裏街道を歩いていて、知り合った仲である。よく馬が合ったそうだ。もともと安三郎はれっきとした旗本の嫡男だったそうだ。それが父の不始末で家が取り潰しに遭い、道を踏みはずすことになった。

喜知右衛門が佐之助に語った、居抜きで手に入れた店が火事になったという話はすべて喜知右衛門自らの身に起きたことだった。そのために店は傾き、草薙屋に金を借りざるを得なくなった。北新堀町の隠居宅も草薙屋の地所だった。喜知右衛門は遠島に決まった。

草薙屋は野中屋という別の店を立ち上げて、土地や家屋の周旋をしていた。もともと西村京之助の道場の地所がほしくてならなかった。金吉が住んでいた家と西村道場の地所を合わせれば、広大な土地になる。それだけの土地は江戸にはなかなかない。これほどの土地なら、すぐに大金で売れる。しかも取引に関わる一割の口銭ではなく、すべてが儲けとなる。こんなにおいしいことはない。

鍵吉は夜間、忍びこんで京之助の妻子を殺し、京之助のうらみを山形屋に向けさせた。同時に土地の沽券を奪った。力造から、康之助を殺してほしいという依頼があったから、一石二鳥の策だった。

草薙屋は、日本橋の一等地に豪壮な店がほしかった。一色屋のあるじ夫婦を殺して、安三郎を皆代の婿に送りこむことができれば、一色屋をおのれのものにできる。

どうして草薙屋重三と鍵吉はそこまで一蓮托生《いちれんたくしょう》の仲だったのか。

重三は鍵吉に恩があった。せがれが川に落ちて溺れたところを助けてもらったことがある。さらに、行商人から身を起こして店を持って間もない頃、一度、商売が傾いたことがあった。そのとき、百両もの金を融通してくれたのも鍵吉だった。それで息をついた店は立ち直った。

「草薙屋、おまえにいっておくけどね」

牢屋を前に、富士太郎が重三に教えたそうだ。

「鍵吉という男は、息子や娘を川に突き落としては溺れさせ、それを救って近づきになるというのが、得意の手なんだよ」

それをきいて、重三は愕然となった。

「おまえは知らないかもしれないけど、同じ手を使って、西村京之助さんの信頼を勝ち得たんだよ。死にゆくおまえにこんなことはいいたくないけれど、おまえは鍵吉と知り合い、頼りにしたことで、破滅への道を歩きだしちまったんだよ」

「おう、出来あがったか」

琢ノ介は、一色屋からの使いを受け、仕立てを頼んだ着物の出来映えを見に、日本橋堀江町の一色屋に急いでやってきた。

琢ノ介はおあきと祥吉の着物の仕立てを智代の実家の一色屋に注文していた。

「うむ、番頭、よい出来ではないか」

予期していた以上にすばらしい。さすが一色屋といってよい。代はすでにすんでいる。

「お喜びいただき、こちらもうれしく存じます。智代お嬢さまの一件では、お世話になったとうかがっております。ほかならぬ平川さまからのご注文、特別に早く仕立てさせていただきました」

「うむ、一色屋どのに、かたじけないと伝えてくれ」

琢ノ介は小《こ》日向《ひなた》東《ひがし》古川《ふるかわ》町《ちょう》の米田屋に勇んで向かった。

店先では、おきくとおれんが店番をしていた。

「おきく、おれん。おあきどのと祥吉はおるか」

「二人とも奥の座敷におりますよ。おとっつあんも一緒ですけど」

「狸親父も一緒か。まあ、仕方あるまい」

そういうと、光右衛門らのいる奥にあがりこんだ。

風呂敷包みを持った琢ノ介を見た光右衛門がたずねる。

「おや、平川さま、これから質入れ《しちい》にございますか」

「質入れなどではない。贈り物を持ってきたのだ」

「わしにですかな」

光右衛門が不思議そうにきく。

「見ればわかる」

琢ノ介は風呂敷包みをひらいた。

「わあ、いい着物」

「すばらしいわ」

感嘆の声がおきくとおれんから発せられた。

「しかし、これはおまえたちのものではないんだ。これはおあきさんと祥吉のものだ」

「ええ」

おあきがびっくりする。祥吉はやったー、と大喜びだ。

「さっそく着てくれぬか」

「はい、お安い御用です」

次の間に下がった二人が再び出てきたとき、ああっ、と琢ノ介は悲鳴のような声をあげた。

二人とも丈《たけ》が合っていない。

「しまった」

「平川さま、ありがとうございます。私、とても気に入りました」

「えっ、ま、まことか」

「はい、まことでございます」

おあきは涙を流している。よほどうれしかったようで、祥吉はひたすらはしゃいでいる。その母子の姿を見たら琢ノ介も目頭《めがしら》が熱くなってきた。

「琢ノ介、泣くなよ」

「おっ」

琢ノ介が涙目を向けた先には、直之進が座ってにこにこしていた。

「直之進、いたのか」

「もちろんさ。こんないい光景を見逃すわけにはいかんからな」

直之進の眼差しは温かい。琢ノ介の思いはきっと成就すると告げていた。


長屋に戻った直之進は、あっという間に眠りに落ちた。

明け方、おきくの夢を見たような気がしたが、いつものことで、果たしておきくが本当に出てきたのか、はっきりしなかった。

見た夢をしっかりと覚えている者がときおりいるが、神業《かみわざ》としか思えない。もちろん直之進だって、すべての夢を忘れてしまうわけではないが、どうすればすべてを覚えていられるのか、こつがあれば教えてほしいくらいである。

直之進は寝床に横たわったまま、首を曲げて、腰高障子を見た。外はずいぶんと明るいようだ。太陽がのぼって、相当のときがたっている。そのおかげか、長屋のなかはそんなに寒くはない。時刻は五つ半くらいだろうか。

直之進は、起きるか、と自分にいいきかせたが、体は動かない。こんな刻限まででだらしなく寝ていたのに、まだ横になっていたいと思う自分がいるのだ。

なんとも怠惰《たいだ》になったものだと、我がことながらあきれてしまう。自由というのは、考えようによっては厄介である。すべて自分の責任ということになるから、いかに自らを律するかということが問題になってくる。

布団の上でだらだらとすごすのを叱る人はいないのだ。しかし、こんなことをずっと続けていたら、人として駄目になりそうな気がする。そんな人間では、これから一緒に暮らしてゆくおきくに見放されかねない。

よし、起きるぞ、と声にだし、直之進は勢いをつけて起きあがった。

起きてしまえば、気持ちはすっきりする。どうしてもっと早くこうしなかったのかという気になる。

喉の渇きを覚えた直之進は土間に降り、甕《かめ》の蓋をあけた。柄杓を持ち、水を汲《く》もうとした。

その手がぴたりととまる。長屋の路地をあわただしくやってきた者がいる。どぶ板が激しく鳴っていた。

足音は直之進の店の前でとまった。

「直之進、いるか」

この声は、沼里の江戸上屋敷にいる安芝菱五郎のものだ。ほぼ同時に腰高障子ががたぴしいいはじめた。心張《しんば》り棒《ぼう》をかましてあるのに、菱五郎が無理にあけようとしているのだ。ひどくあわてている。いったいなにがあったのか。

「しばしお待ちください」

直之進はいって、心張り棒をはずした。がらりと腰高障子をあけ放つ。

「おう、直之進」

上屋敷からここまで走ってきたのか、ひどく汗をかいているにもかかわらず、顔色がひどく青い。息が荒く、喉がぜいぜいと鳴っている。

「なにがあったのです」

直之進は菱五郎を招き入れ、腰高障子を閉めた。井戸端で声高に世間話をしていた女房衆の目が、いっせいにこちらに注がれたからである。

土間に立った菱五郎が胸を上下させつつ、真剣な視線を当ててきた。

「先ほど沼里より早馬《はやうま》があった。わしはおぬしに知らせようと、必死に走ってきた」

「早馬ですか。いったいどのような知らせがあったのです」

「直之進、驚くな」

いいことではないのは、菱五郎の顔色から一目瞭然だ。

早馬がなにを知らせてきたのか。直之進の胸は痛いくらいにどきどきしはじめた。

菱五郎が大きく息を吸い、吐きだしざま一気に告げた。

「又太郎さま、ご危篤」

菱五郎の言葉に、直之進は呆然と立ち尽くした。

この作品は双葉文庫のために書き下ろされました。

双葉文庫

す-08-19

口入屋用心棒《くちいれやようじんぼう》
毒飼《どくが》いの罠《わな》

2011年5月15日　第1刷発行
2021年7月9日　第3刷発行

【著者】
鈴木英治《すずきえいじ》

【発行者】
箕浦克史

【発行所】
株式会社双葉社
〒162-8540 東京都新宿区東五軒町3番28号
［電話］03-5261-4818（営業）　03-5261-4833（編集）
www.futabasha.co.jp
（双葉社の書籍・コミックが買えます）

【印刷所】
株式会社新藤慶昌堂

【製本所】
株式会社若林製本工場

【表紙・扉絵】南伸坊
【フォーマット・デザイン】日下潤一
【フォーマットデジタル印字】飯塚隆士

ISBN978-4-575-66499-7 C0193
Printed in Japan